"一切轮回，都是礼物"

李娟

谨以此书献给冀小弟（冀小仔），
祝愿你的人生幸福、快乐、健康成长！

Mama

推荐序1 ▮

PREFACE

CROSSING

84°N

　　2018年年底，李娟找到我，说她想将参加中国第九次北极科学考察（以下简称"九北"）时写的日记整理成书，从一位亲历者的角度讲述参加北极科学考察过程中的见闻，并希望我能为她的书写序。能以讲故事的方式向广大读者介绍我们的北极科学考察，这有利于对我国极地考察活动进行科普宣传，让大家更深入地理解我国科学家为认识极地、探索极地所做的努力。我听到这个消息非常高兴，觉得她写这本书非常有意义，因此欣然应允。

　　中国第九次北极科学考察队由"雪龙"号科考船队、综合队、大洋队等组成，考察队共131人，于2018年7月20日自上海出发，2018年9月26日返回上海，历时69天。"雪龙"号总航程约12500海里，冰区航行3815海里，最北到达北纬84°48′。我是这个航次的首席科学家，李娟则作为新闻记者全程参加了考察。这是一次不平凡的冰雪之旅。虽然北极的天总是云遮雾罩，但科学的阳光一直照耀在我们身上，指引着我们取得一个个骄人的成绩。美丽的风景、辛勤的工作、快乐的生活、真挚的情谊，都是难忘的回忆。"雪龙"号、黄河艇、直升机、冰站相互配合的立体场景，热火朝天；潜标收放时，全船总动员，井然有序。需要协助时的义不容辞，排除故障时的奋勇争先，闲暇之余的温馨欢快，密集冰区作业的见缝插针，北极大学课堂上的思想碰撞……这一幕幕都通过李娟的记录浮现在我们的眼前。

2018年7月20日，当"雪龙"号离开码头，队员们高喊"祖国再见，亲人再见"的时候，我看到一个个子不高、沉默寡言的女队员，眼睛红红的，但是手中的相机却在从不同角度搜索和捕捉着各个画面，她就是李娟，这是我第一次注意到这名队员。后来才知道，当时她的父母正带着她年幼的儿子在码头与她挥别。这是她第一次出海，而且第一次就是去遥远陌生的北极，她对孩子和家人的眷恋、对未知的大海和北极之行的担心可想而知。

在为期69天的北极科学考察过程中，李娟很好地完成了她作为随队记者的任务。在"雪龙"号上，李娟非常活跃，每天都出现在科考一线，采访、拍照，还坚持写日记，每天把所见所闻的点点滴滴都记录下来。有时，她显得异常执着，为讲好"海洋酸化""北极熊与海冰退缩"等科学故事，她追着相关的科考队员反复斟酌报道的文字，既保证科学严谨，又确保文字足够直白生动、便于读者理解。她写作此书的速度非常快，想来应该是北极科学考察期间她的日记和笔记记得非常详实的缘故。

科学考察期间，李娟和她的记者队友们经常问我们：为什么要关心北极、中国的科学家为什么要不畏艰难九次来到北极？科学家们的观测和研究表明，北极在全球气候系统中起着非常重要的作用，北极正在迅速变暖，在过去的几十年里北极变暖的速度几乎是全球平均水平的两倍。一些研究显示，北极地区的永久冻土储存了大量的含碳物质，气温的升高可能会导致永久冻土层的融化，温室气体就可能大量释放，从而进一步加速气候变化。北极气候的微小变化都可能引起北半球乃至全球气候系统的变化，中国位于北半球，受北极地区气候与环境变化的影响快速、直接而深远。同时，北极也是观察全球生态环境变化的一个重要窗口。科学考察的数据表明，北冰洋已有微塑料 [1] 的存在，海洋酸化也趋于严重，这些都说明北极已不再是"纯净之地"。所以说，研究北极气候和环境的变化，对于应对气候变化和保护人类赖以生存的环境来说都有十分重要的意义。然而，到目前为止，相对地球其他区域，人们对北极的关注度仍显不足，极地恶劣的环境也使得调查观测非常困难。要想摸清北极气候和环境变化的脾气，掌握它的秉性，把准它的脉搏，就需要在这一区域开展全面的、长期连续的调查、观测和监测工作。

我国的北极科学考察开始于1999年。20多年来，为探索北极的环境变化，我国至今已经开展了九次北极科学考察，积累了不少有价值的科学观测数据。然而北极气候环境复杂多变，对于广袤而正在快速发生变化的北冰洋来说，我们所涉足的区域、所获得的科学认知少之又少。北冰洋是否会出现无冰之夏，北极的生态环境是否会发生不可逆的变化，北极的航道是否能实现大规模的商业利用，

---

① 微塑料，是一种直径小于5毫米的塑料颗粒，是一种造成污染的主要载体。

北极的变化对我国天气气候的影响是否会加剧……一系列的科学之问，亟待我们解答。中国的北极科学工作者，愿意和国际同行一道为探索北极的变化、增加对北极的认知做出贡献。

本书图文并茂地记录了作者李娟参加中国第九次北极科学考察的所见所闻，直观展现了我国北极科学考察队员战冰雪、斗严寒、攻坚克难努力完成任务的生动感人过程。同时，利用背景介绍和现象探究对一些科学问题和认识进行了科普解读，可读性很强。该书记事写实语言生动，介绍深入浅出，在北极科学工作者和普通读者之间搭起了一座桥梁，对读者了解和理解北极科学考察工作具有重要的意义。相信这本书能激发读者对北极科学考察和研究的兴趣，关心北极快速变化及其对全球变化和我国环境气候的影响。希望科学家们的努力能被更多的大众所理解，并有更多的年轻人投身到北极科学考察和研究之中，为进一步提高我们对北极快速变化及其对环境气候影响的认识水平共同努力。

魏泽勋

"九北"首席科学家、自然资源部第一海洋研究所研究员

推荐序 2 ▌

PREFACE

CROSSING

84°N

　　一说，地球有三极：南极、北极与珠峰那片土地，人皆向往。

　　我曾以最富青春活力的七个春秋守护第三极。窗外——实际上是地堡射孔外，洞朗牧场宁静悠远。而身后，夕阳余晖下的卓玛拉日峰神秘莫测。后来出访，到了火地岛，算是有机会在最接近的地方遥想了一下南极。北极却还无缘，只是有一回在阿拉斯加上空，见到舷窗外的冰缘，那还远着呢。

　　及至拜读了总台央视记者李娟新作《穿越北纬84°》书稿，莫名欣喜——终于"到"了北极。从首页一刻不停读到最后那幅照片掩卷，才想起魏总（央视网副总经理**魏星**）嘱咐写篇序，说是鼓励一下年轻记者。不，我写不了序，顶多能敷衍几行狗尾续貂的读后一得。

　　本书的核心层，应当是一份科学报道。一项国家级的科学考察，是要出重大成果的。报道能不能与这成果相称，是衡量记者成功与失败的标准。长篇科学报道不同于新闻发布式的消息，也不同于一般意义的科普文字，需要记者在极端环境下精确考察科学家的工作过程，理解科学家的思考，尔后以新闻传播话语成文。逐页体味本书文与图，有着深入浅出之美。深入，说的是内行不觉得肤浅无味，因为内行得以拥有别样的观察角度，原来自己日复一日的工作可以表现得如此引人入胜；浅出，说的是外行不觉得深奥难懂，因为生动有趣的故事让一个陌生世界变得触手可及。

叙述，最能看出记者的文字功力，丝毫不逊于评论对思考能力的要求。优良的叙述，首先是新闻报道最基本属性——真实性的依托。科学报道的叙述，既要有科学概念的呈现，又要有科学思想的逻辑关联。北极科考肩负人类深入认识自然的追求，科考报道与科考报告一样必须接受史料存查，本书堪当此任。优良的叙述，还表现在让没有到过北极的人有身临其境之感，这就是我拜读书稿时倍感欣喜的由来。比如，关于"涌"的体验性叙述，关于海冰的观察性叙述，关于北极生物的思考性叙述，关于从5G空间坠入2G状态的无奈，以及关于母亲思念孩子的独白，无不活灵活现，可读可信可亲。

本书作者作为中国中央广播电视总台的一名女记者，成功拿出这本日记体作品，是有形付出的硕果，包括在"雪龙"号上与考察队员们同吃同住同工作的采访，以及将其自身丰富的情感和生活体验注入字里行间。更可贵的是作者对文字与图片双重审美的融合，成功地把看不见的科考，变成了图文并茂的富有蓬勃生命的篇章。这也是电视新闻作品大胆求新的创作过程，标示了我国新一代电视

CROSSING

84°N

穿越北纬84°

极地科考69日全纪实

央视记者 李娟 —— 著

ZHEJIANG UNIVERSITY PRESS

浙江大学出版社

图书在版编目（ＣＩＰ）数据

穿越北纬84°：极地科考69日全纪实 / 李娟著.--杭州：
浙江大学出版社，2020.8（2022.12重印）
ISBN 978-7-308-20374-6

Ⅰ．①穿… Ⅱ．①李… Ⅲ．①纪实文学－中国－当代
Ⅳ．①I25

中国版本图书馆CIP数据核字(2020)第123546号

穿越北纬84°：极地科考69日全纪实

李 娟 著

责任编辑	张　婷	
责任校对	顾　翔	
封面设计	violet	
排　　版	杭州林智广告有限公司	
出版发行	浙江大学出版社	
	（杭州市天目山路148号　　邮政编码　310027）	
	（网址:http://www.zjupress.com）	
印　　刷	广东虎彩云印刷有限公司绍兴分公司	
开　　本	880mm×1230mm 1/32	
印　　张	8	
字　　数	219千	
版 印 次	2020年8月第1版　2022年12月第2次印刷	
书　　号	ISBN 978-7-308-20374-6	
定　　价	68.00元	

工作者在不断追求创新路上的前进历程。

我国第九次北极科考，作为世界科学家合作项目，本书将是向世界展现我国科学研究实力的扛鼎之作。作者走向北极的过程，也是攀登国际传播高峰的过程。

从一位年轻记者的北极纪行，鲜明地显现出马克思主义新闻观理论已经深深印入新一代新闻工作者心中——没有这样的理论修养，就不会有本书这样出色的表现；也显现出以人民为中心的新闻理念渐成行动自觉——没有这样的自觉，深入浅出就无从谈起；还显现出内宣外宣联动的真本事——没有这样的本事，报道很容易沦为自弹自唱、自娱自乐。

文中所讲述的内容，很多都是第一次向读者披露。比如当我看到作者与科考队员们在多次"下冰"后突然遇熊的惊险经历，以及作者作为女性和队员们一起在长期冰面工作8小时的特殊历程时，不禁为我国新一代年轻新闻工作者的敬业精神和工作态度所打动。尤其是当我看到，我国的极地科考工作者们因为工作原因需要长期漂泊海上，且与外界失去联系无法交流状态近乎"隔离"时，不禁为他们捏一把汗，同时又欣喜的是，我国一代又一代新闻工作者都坚持将科考历程记录了下来，留下宝贵文字和现场资料。据我了解，作者因为工作身份的原因，不仅多次抵达第一现场，而且每逢重要时刻也均主动请缨，这是电视新闻记录的魅力，也是工作努力的结果。作者是一位85后，也是一个幼小孩子的母亲，我想她能够将枯燥难懂的科学故事讲得通俗易懂娓娓动人，应该与其长期化繁为简向孩子讲故事的语言习惯有关。

"好记者讲好故事"是新闻队伍的一个品牌。这本图书，是一位有追求有理想的好记者，以有趣的方式讲述的北极科考故事。北极是一个多数人难得前往的神秘远方，本书介绍的艰苦卓绝的科考工作令人敬佩，变幻莫测的奇观教人心旌摇荡，污染加剧的描摹让人扼腕……我的读后一得辞不达意，不及您开卷自赏。

顾勇华

中华全国新闻工作者协会原党组成员、书记处书记

《人民日报》高级编辑

CROSSING 84° N

目录
CONTENTS

....

CROSSING 84° N
CONTENTS

·············

CROSSING 84° N
CONTENTS

·············

CROSSING 84° N
CONTENTS

．．．．．．．．．．．．．

CROSSING 84° N
CONTENTS

....

CROSSING 84° N
CONTENTS

....

第四部分 冰的记忆 海的传奇

CROSSING 84° N
CONTENTS

. . . .

CROSSING 84° N
CONTENTS

....

第六部分 终有一别

CROSSING 84° N
CONTENTS

....

第七部分 疯狂工作倒计时

CROSSING 84° N
CONTENTS

....

CROSSING 84° N
CONTENTS

....

第九部分 下船，回家

后　记

CROSSING 84°N

第一部分
向北极出发

Day 01

7 月 20 日上午 出发，向北极点航行

经度：121° 41′ 18″ E

纬度：31° 19′ 2″ N

上海市浦东新区

中国极地考察国内基地（"雪龙"号极地考察船专
用码头）

二

　　岸边飘来一股咸腥味，盛夏时节，路面在太阳的灼
烧下滚热烫脚，偶尔一阵风吹过，提醒着人们：此行的
目的地是在遥远的"世界尽头"……

　　2018年7月19日，出发的前一天，下午所有人在码
头上照出发合影，阳光刺得人睁不开眼。摄影师一边调
整镜头一边告诉大家站队的时候可以适当闭着眼，拍照
的时候努力睁一下就好。这个办法实际有效，快门摁下
的瞬间，我感觉到周遭眼睛都睁开了，表情也都还不错。

每次出发，总会怀揣一股莫名的兴奋。更何况，这次要去的地方，既神秘又特别。北极，地球极北之地。来之前，在家里和孩子一起看纪录片，又翻了几本书。当画面里出现大片浮冰和北极熊的时候，以为那就是北极了，有点疑惑，也有点好奇。而真实的北极地区，包含陆地和海洋，也有冰川和岛屿，最特殊的还是大片不化的蓝色海冰。

幻想中的北极，是蓝白混合体。而眼前这艘巨轮，则是红白相间。"雪龙"号，我国第一艘极地考察船，34次赴南极，8次前往北极。它的身上，留存着岁月风霜和开拓历险的印记。历经多次改造大修，今天它将带领着131名科考队员再次出发，我有幸也是其中之一。

昨天晚上，全体队员就上船了，先是举行授旗仪式，然后为今天的出发仪式沟通到很晚。

上午9:00，出发仪式正式开始。

10:30，汽笛声响，"雪龙"号启航了。"祖国再见，亲人再见"，这本是离岸时的口号，可在出发很久之后，队友们依旧站在二层船舷边向对岸挥手呼喊。说完这八个字，就是离别啊。离别，既是时空上的暂离，也是心理上的隔绝，只是没想到这一离别就是那么久。过不了多久，我们就将离开网络覆盖区域。在这个一分钟之内光纤信号能跑一圈的"地球村"里，我们马上就要告别网络信号了……

慢慢地，队友们大都回了房间，我还在甲板上愣神，眼见着海水从黄色变成了蓝色，慢慢回忆起早晨出发时的情景。早晨做网络直播的时候，看见家里人抱着娃站在码头上到处找我，但那时顾不上跟他们说话，一结束赶紧跳下去找他们，才发现被抱着的孩子哭得不像样了。我也在哭，只是哭得没声音。船离开码头，我在船上，小仔在船下，看他的嘴型好像是在对我说："不哭啊……"我想把手里挥着的小队旗扔下去给他，可队旗轻飘飘的，瞬间就被风卷走了，想再给点啥，也没有了，只能眼看着船离码头越来越远。此时再一低头，才看清一个装满队旗的小纸箱安静地躺在入口处。

船边还有几名队员没回舱，看性别都是女的。女性的多愁善感，此时表现得似乎比男人更多些。第一次和我的室友，《中国海洋报》记者路涛长长地聊了一会儿。路涛笑起来很爽朗，剪一头干练的短发。可能是因为有过一次出海经验，她对接下来的行程显得更淡定一些。对话中印象最深的一句是："我老公说了，跑完南北极，你就可以辞职了，哈哈哈。"辞职虽是笑谈，但也是一种"思考"。如果一个人，真是南北极都去过了，对世界有了更多的认识和观感，是否会对人生有不一样的体会和想法呢？此刻，我们的身份一致，都是"九北"的随船记者。

中国第九次北极科学考察，2018年7月20日正式出发，预计2018年9月26日结束，计划航行12300海里。从上海出发后，一路北上经白令海峡前往楚科奇海、加拿大海盆进入北冰洋中心区域，进行海洋基础环境、生态、渔业资源、新型环境污染物和海洋综合站位考察等调查作业。就航线来说，并无太多特别设计之处。只在出发前，接中国极地研究中心通知：如遇冰情允许，请"雪龙"号穿越北极点。

哦，穿越北极点，那真是一个令人期待的计划……

"未知"　李娟

摄于北极点附近

2018 年 8 月 13 日，

背景介绍

地理上的北极，通常是指北极圈（北纬66°34′）以北陆海兼备的区域，总面积约2100万平方公里。以北极点为中心，涵盖俄罗斯、挪威、瑞典、芬兰、冰岛、加拿大的部分区域，丹麦格陵兰岛、美国阿拉斯加和北冰洋等。

北极点，就是北纬90°。中国对北极的第一次科学考察是在1999年，全程历时71天，航行14180海里，最北到达北纬75°30′。首次科考开展了关于海洋、海冰、大气等项目的观测，获取了一大批珍贵的样品和数据资料。随后这些年，我国对北极的科学考察每隔几年就会开展，分别到达过美国诺姆港（2008年，"三北"）、韩国济州岛（2010年，"四北"），对冰岛进行过正式访问和学术交流（2012年，"五北"），在科考中与美国、芬兰、加拿大、法国、日本、韩国等多国科学家开展国际合作交流。从2016年（"七北"）开始到现在，北极科考得以每年进行，并已完成对北极航道、东北航道、西北航道等北冰洋三大航道的穿越和探索，唯一遗憾的是"雪龙"号至今尚未到达过北极点（截至"九北"）。"九北"出发前，研究人员曾预测2018年的北冰洋海冰面积可能达到继2012年以来的历史低点，因此中国第九次北极科学考察首选航线方案为穿极航线，如若冰情允许，到达北纬87°后将继续向北穿越北极点。然而实际情况并非如此。

　　出发前，"雪龙"号在试航时发现存在部分机械问题需要进行检修，将出航时间推迟了10天，计划回程时间不变。这也使本次科学考察总航行时间仅69天，成为历届北极科学考察中时间最短的一次。

出发前夜"雪龙"号夜景
2018 年 7 月 19 日，李娟　摄于中国极地考察国内基地

Day 01

7 月 20 日下午 失联啊，失联

天空中飘来一阵信号，然后眼睁睁地看着它消失，这是一种怎样的感受？

离开港口后不到一个小时，手机就断网了。起初大家一片沉默，怎么这么快就断了？

事后才了解到，出发当天气象预报表示强热带风暴"安比"将对东南沿海产生影响。因此船一离港，船长就下令以超过15节（1节等于每小时1海里）的速度全速冲出台风影响区域。跑得快网络也就断得快。

经历了早晨的送别仪式，午餐后有点累，我便回舱休息。这才仔细看了看居住的舱室。三位媒体女记者，一间不到十平米的小屋子，摊开箱子就下不去脚，走起路来容易撞到，好在对面有一间会议室，每天在召开队务会及各种会议之余，这间会议室就成为媒体记者待得最多的地方。

三位女记者下船前与雷瑞波合影
袁卓立　摄

　　睡醒后突然意识到，真的就这么断网了？我找不到我儿子了。出发的时候收到好多信息，大部分没来得及回。四下望去，大家都有点焦虑，同屋记者申铖没有睡觉，抱着 BGAN[①] 出去找信号，我没有网络设备，只有一台铱星电话，供有突发情况时使用。此时也没急事，只能干坐着。再过一会儿，申铖冲进来说："船头有信号！"这个消息如同在即将干涸的土地上飘下的几滴及时雨，我瞬间随之跳了出去。

──────────

①　BGAN（Broadband Global Area Network）是具有宽带网络接入、移动实时视频直播、兼容3G等多种前卫通信能力的新一代 Inmarsat 全球卫星宽带局域网的简称。

到了甲板，才意识到，更大的困难正随之而来。很短的时间，有限的资源，随时都会失联……你找谁？谁又正好在找你？信号明明就在手中，心却变得踌躇起来。浏览了会儿网页和朋友圈，又看了看评论区和留言，随后眼睁睁等待信号消失……甲板的狂欢，从开始到结束，只经历了短短的十几分钟。此时此刻，信号依旧在天空"漂浮"，空气中却寂静无声，大部分人来过一会儿就回舱了，将惦念沉入无边大海……

初上"雪龙"号，今天进行了安全培训和消防演习，学习如何穿救生衣和弃船逃生。

图中1号、2号区域为黄河艇、小艇，内部救置黄河艇、小艇，需要时打开

"雪龙"号二层舰艇甲板，内部救置黄河艇、小艇，需要时打开

李娟 摄

背景介绍

　　"雪龙"号，它原产于乌克兰，总排水量21025吨，1993年我国购进后将其改造为极地科学考察船。截至2019年春，"雪龙"号共执行了35次南极科考任务，9次北极科考任务。"雪龙"号并不是为满足极地科考需要而建造的，而是以货载为主要功能，故而破冰能力并不十分突出。在历经多次大修改造后，"雪龙"号现有固定床位120张，大部分舱室为双人间、上下铺，并拥有驾驶平台、各类实验室、工作小艇和直升机平台，拥有较为齐备的导航仪器设备、气象观测设备和各类甲板作业设备，具备良好的作业和生活条件。参加"九北"科考的共131人，超过原固定铺位数，因此临时将部分双人间改造成了三人间，将舱室一侧的沙发座椅变成了床。

　　在通信方面，我国的极地考察经历了通过无线电与国内海岸电台语言转接、海事卫星通信、铱星通信等时代。大约以北纬76°为界：以南地区可以通过船载的移动基站拨打移动电话，必要时可以通过海事卫星使用网络；以北则只能通过铱星电话和基于铱星的邮件系统与国内联系。即便是与南极科考相比，北极航线的网络信号能力也弱很多。这是由于北极科考全程海上，除却海事卫星网络不太稳定的因素外，北纬76°以北地区海事卫星网络无法覆盖。船上的通信能力有限，大部分队员仅能依靠自带装备、船载卫星电话或邮件与外界联络。但总体来说，如今的通信能力较极地科考起步时已有较大进步。

"雪龙"号一角
由德方　摄

▌Day 02

7 月 21 日 海上作业初体验：晃！

二

"晃"
李娟 摄

昨天夜里，涌来了。

涌是什么？

如果说浪是由风引起的，涌的成因则更加复杂。浪在海平面上很容易看到，风高浪急，说的就是风越大、浪越高。涌则不一样，它的波长更长，来自远处的风区，到达考察船跟前时已看不到表面的剧烈波动了。气象预报显示今天海面风力6—7级，将出现2米左右的涌浪，意味着从波峰到波谷的垂直距离约大半层楼高。

第一次出海，我对这样的状况猝不及防。走在船舱里，由于失去平衡常常左右晃动，时而走左线、时而走右线，要么就干脆是一条S线。再看看队友们在船舱里忙碌走动的样子，恍惚觉得像一个个巨大的肉身弹跳球，伴随着船体的晃动弹来跳去。又好笑，又难受。

晃的时候也得工作。这两天刚刚上船，各种工作会议不断，晕着开了一个又一个会。晃的时候也得吃饭，据说曾有一个航次的小厨师做饭的时候一直吐。但这种晃动，和"雪龙"号执行南极航次任务时穿越"西风带"的晃动相比，可能又不值一提。

西风带，位于南北纬40°至60°之间，由副热带高压流向副极地低压的气流在地转偏向力作用下偏转成西风。陆地较少的南半球这一区域洋面风浪较大，行船危险系数较高，常有"魔鬼西风带"的称号。

晃是一种什么感觉？

首先是晕。我和摄像师拿着设备去全船采访，正在一层实验室整理设备的厦门大学王俊博士一边摸着自己的太阳穴一边说："晕的时候，神经在脑壳这边突突突的疼，还有睡得起不来。"首席科学家魏泽勋在楼道里和我们碰见，他说："有的时候看起来风平浪静，实际上晃得特别厉害。"这算是个安慰。海面行船，涌比浪更让人感觉难受。

如果时间允许，可以闭上眼睛或平躺下来休息一会儿。可放松躺下，安静中更能清晰体会晃动的路线。这次遇到的涌是船头涌，上下跳动着晃，晃着晃着好像脑子里不停地勾勒着那个路线。

最后能做的就是期待了，期待进入北极浮冰区后，冰区的海冰会产生消浪作用，到时对海浪的感受就不那么明显。就这样，出海第二天，一会儿大晃晃，一会儿小晃晃，晃着晃着也睡着了。

背景介绍

通常理解的北极区域，包括陆地和海洋。北冰洋海域面积约为1475万平方千米，为地球四大洋中最小的一个，面积仅为太平洋的约9%。科考船大部分时间在公海海域内航行，沿途会经过美国的专属经济区，申请通过后可开展专项调查。

由于《南极条约》的存在，全世界都是南极共同的主人。而北极的大陆和岛屿领土主权则属于发现国或者国境与北极相邻的国家，也就是加拿大、芬兰、冰岛、挪威、丹麦、俄罗斯、瑞典、美国这八国，它们拥有的北极领土总面积约800万平方千米。目前，北极事务管理不遭从单一国际条约，它由《联合国宪章》《联合国海洋法公约》《斯匹次卑尔根群岛条约》等国际条约和一般国际法予以规范。1990年8月28日，在北极拥有领土主权的八个国家在加拿大瑞萨鲁特湾市签署了国际北极科学委员会章程条款，也就是所谓的"八国条约"，成立了第一个统一的非政府国际科学组织。1991年1月，该委员会在挪威奥斯陆召开了第一次会议，接纳法国、德国、日本、荷兰、波兰、英国六个国家为其正式成员国。从此人类在北极地区的国际科学合作迈出具有历史意义的一步。1996年，中国被接纳为国际北极科学委员会成员国，中国对北极的科研活动日趋活跃。

平静的北冰洋
由德方　摄

▉ Day 04

7 月 23 日 独特的极地组织海上生活

UTC ① 时间：2018/07/23 23:01:30

经度：143°13'43"E

纬度：45°50'7"N

航速：15.6节　航向：81.5°

距上海：2460.58km

温度：10.2℃　湿度：99.3%

　　巨轮在海上航行，我们离家越来越远，离这里的生活越来越近。这是一趟两个多月的出海旅程，没有陆地，没有补给，全部依靠上船时携带的物资生活。

　　经过匆忙的前两日，生活渐入规律，不论来自北京

---

① 协调世界时，又称世界统一时间、世界标准时间、国际协调时间。由于英文（CUT）和法文（TUC）的缩写不同，作为折中，简称 UTC。

还是上海，是做科研还是干后勤，此刻，大家都在同一条船了。昨天晚上，食堂进行了第一次加餐，加餐的形式和日常吃饭一样，也是自助餐，大家排队轮流取食。盐水鸭、羊排、基围虾、螃蟹……和日常的五菜一汤相比，加餐时出现了很多"硬菜"，餐厅入口处比平时多了一些饮料和啤酒。过几天自动咖啡机也投入使用了。不过最让人牵挂的，还是蔬菜和水果。西瓜和哈密瓜刚出海时有，慢慢就没了。橙子和猕猴桃坚持了好长一段时间，到返航时也不太够吃了。蔬菜种类此时还比较丰富，慢慢地大部分叶子都会烂掉。肉类可以一直坚持到最后，而且其实也都非常优质。

加餐时大家来得比较早，气氛上也比较热烈。刚刚离开台风影响区，风浪散去，暖风微醺，天边出现绚烂的彩霞。想起前两日的颠簸，有些后怕，也有些释然。

释然过后，又是杂乱和繁忙。

上午9点，综合队党支部第一次支委会议。

10点，队领导召集来自美国和法国的三位国际合作项目科研人员座谈，了解他们此次的考察任务与具体需求。

15点，妇女组组织女队员去食堂帮厨包包子，后来这些包子成了第二天的早餐。

晚饭后，媒体记者短会。

19:20，文体娱乐组会议。

19:30，大洋队党支部活动。

在这些会议中，连我在内的几位队员因同时是好几个组的组员，只能上蹿下跳来回奔跑。

夜里，气温开始下降。正值盛夏，"雪龙"号上却入秋了……

晚霞

2018 年 7 月 21 日，李娟 摄

背景介绍

衣：

日常服、户外鞋依据个人身材统一发配。日常服又分为速干、软壳、防风三种，都由国产户外品牌赞助。如无特殊要求，仅带少量服装即可上船生活。极区防寒服在"雪龙"号的库房里，仅在需要时发放。由于防寒服装仅为南极科考项目制作，因此北极科考使用的防寒服上全是南极科考字样。

身着"中国南极科考"字样的防寒服
中国第九次北极科学考察队　摄

食：

一日四餐。早餐7:15—8:00，午餐11:15—12:00，晚餐17:15—18:00，夜宵23:00—24:00。开餐时间固定，餐具自行清理并采取较为严格的垃圾分类政策。

住：

从二层开始共有四层住舱，分别有一人间、双人间和三人间。

行：

"雪龙"号上配有橡皮艇、黄河艇、直升飞机，用于满足各种不同需求的离船行动。

Day 05
7月24日 "北极大学"第一讲

中国第九次北极科学考察航线（2018年7月20日—2018年9月26日）

"九北"科考航线图

　　穿过宗谷海峡，就到达了俄罗斯的鄂霍次克海，鄂霍次克海是西北太平洋的边缘海。从地图上粗略看去，这片海的面积比中国的东海和黄海加起来还要大。唐朝时这里被称为"少海""北海"，19世纪中叶之前，这里曾属于中国，在清朝的大部分时间里，这里濒临清朝国土的东北边缘。回想着历史，看着这片巨大的海域，我不禁一阵唏嘘。此时海上已经一片大雾，视线朦胧。

气温直线下降，室友形象地开玩笑说，今天的温度，好像比昨天又冷了一个昨天。翻箱倒柜找出软壳上衣，想起前天此时，还穿着短袖在甲板上拍照，转眼就恰似深秋即将入冬，海上短短两天如历经四季。

尚在夏日
倪俊声　摄

今天会举行"北极大学"的开学典礼。

离下午两点半还有一会儿，地下一层多功能厅就已经坐满了。开办"北极大学"的目的，是利用这一难得的机会让来自全国各地不同专业的科研工作者互相学习，将自己正在进行的研究内容和相关成果对大家进行分享展示，这也是我国南北极科学考察中的一项学术传统。而且"北极大学"的授课内容并不仅限于科学研究，每个人都可以自愿报名，像医疗保健知识、直升机型介绍、专业摄影技巧等都可以是授课内容。

首席科学家魏泽勋进行了开学第一讲。他的演讲题目是《提高海洋认知水平，助力"一带一路"建设》，内容包括海洋环境安全、生态系统保护、气候变化应对等。一个个海洋科学领域的关键词飘过，我对海洋太陌生了，可听着听着又觉得新鲜，毕竟对海洋的探究是全人类共同关心的话题。

魏首席讲到根据气候模式的计算机模拟结果，如果全球碳排放数量不改变的话，未来300年内，地球升温最大可达12摄氏度，同时全球海平面升高4米。而由于包括近1200个珊瑚礁岛的马尔代夫大部分国土仅比海平面高出1.5米，所以如果地球升温的趋势不改变，短短几代人的时间内，马尔代夫的大部分国土都将沉入大海，这个事实令人惊心。

今晚21点，船钟再次拨快一小时。拨船钟的时候，船长会进行一次广播，然后全船的时针瞬间同时移动，仿佛眨眼之间时间就过去了一小时。这就22点了，好像还有很多事没来得及干。大家叹息着，赶忙上床休息。

冰面融池　李娟　摄

2018 年 8 月 20 日，

Day 07

7 月 26 日 重返 2G 时代

UTC 时间：2018/07/26 05:53:00

经度：161° 32′ 37″ E

纬度：51° 41′ 36″ N

航速：16.3节　航向：61.2°　距上海：3948.72km

温度：11℃　湿度：97.8%　能见度：10.14km

气压：1013hPa　风速：7.96m/s　风向：233.6°

只有2G信号的时候生活是怎样的呢? 现在已经是5G时代了，而智能手机的普及也只是近十多年的事。没有微信，没有其他任何 App（手机软件），只有电话和短信。而且就算有网络，也是时好时坏时有时停。想象一下，如果突然这样，你会怎样?

在"雪龙"号上，这不是想象，而是现实。这两天，海事卫星网络信号良好，船上的移动基站打开了，甲板部分区域有2G信号。消息一出来，船舱里的人瞬间都跑出来打电话。落日的余晖映照在他们身上，有的通话顺畅语气激动，隔着几层甲板都可以听见；有的情意绵绵信号不断电话也不断；有的，也可能运气不佳电话的那头正好无人接听。大多数人言简意赅地说了几句就挂断了。

我和摄像师上甲板采访，想记录下这一瞬间。拍摄中，看见一个年龄尚小的男队员一个人对着大海发呆，我问他：跟谁通话？感觉怎样啊？小伙子的表情很失落，但他也很坚强，颤抖着双唇哽咽地说："跟妈妈通了个电话，很想家……"哎，此时距离我们此次航行的目的地，还有很远很远啊。

基站信号只在海事卫星网络状况良好的时候打开，一遇变化随时关停。慢慢地，大家形成了一个默契。走过信号覆盖区域，看见手机上跳出"中国移动"四个字，便在回舱的路上见人提醒："现在有信号了啊……"

"找信号"
李娟　摄

背景介绍

　　北极科学考察路线全程都在海上，通信仅能依靠海事卫星网络。但受流量等因素限制，只能用于电话通信。船行至北纬76°以上高纬度地区后，海事卫星网络覆盖能力有限，仅能通过铱星网络以字节速度收发邮件，通信速度很慢。

　　2016年，上海移动与"雪龙"号合作，在"雪龙"号上安装了移动基站。所以从第八次北极科学考察开始，队员可在网络状况良好的时候收发短信和打电话。相比于很多科考船，"雪龙"号的通信设施已经是不错的了。

夕阳下的"雪龙"号
倪俊声 摄

Day 09
7 月 28 日 国产水下滑翔机首次极区布放

UTC 时间：2018/07/28 08:20:00

经度：178° 21′ 12″ E

纬度：59° 15′ 37″ N

航速：15.7 节　航向：42.3°

距上海：5190.76km

温度：9.7℃　湿度：98.1%

能见度：11.49km　气压：1002hPa

风速：4.7m/s　风向：98.9°

已到白令海公海海域，停船了。早晨七点半，后甲板开始布放水下滑翔机。这是出海后的首次停船作业，相关人员很重视，气氛显得有点紧张。我和各媒体记者一行人早早赶去，才知道从昨天夜里两点半开始，负责布放的自然资源部第一海洋研究所科研人员就已经在做准备了。

　　白令海是太平洋水体进入北冰洋的必由之路，这里的水文性质变化也直接影响着北极区域。有研究表明，宽仅约80千米的白令海峡水文变化能够对整个北半球的气候产生强烈影响。要说这次要布放的水下滑翔机有什么特别，大概是它的"国产"身份了。这台水下滑翔机是由我国自主研制的，长约2米，宽1米（含机翼），最大下潜深度1002米。据说"三北"时法国科学家曾搭载"雪龙"号对水下滑翔机进行过布放尝试，但未能成功回收。

　　此时的后甲板略显拥挤，我们就去了上面一层的直升机起降平台俯瞰作业过程。从外观看，水下滑翔机的样子像一枚鱼雷，通体黄色，"脑袋"上长着一个圆圆的红色避碰声呐，尾巴上缀着一杆长长的天线，"海翼"二字大大地印刻在身上那是它的名字。

"海翼"水下滑翔机
李娟　摄

　　第一次围观布放作业，大家都很兴奋。表面看来，布放，就是把设备"扔"到海里，再通过传感器连接设备获取信息。这次布放的水下滑翔机将会在600海里左右的范围内采集海水温度、盐度、深度等信息，并将数据信息实时传输到国内。待50多天后返航路过这片水域时再通过GPS（全球定位系统）对其进行定位搜寻和回收。

　　可这个"扔"，是怎么"扔"呢？我们站在楼上充满好奇。风大浪急，站在甲板上什么都不做已觉得脚下不稳，再将一个重物抛下去，就像平地扔铅球会产生惯性，造成的晃动和不稳皆不可预计。而且，这还是一台精密仪器，下水时务必小心。正在愁眉不展时，

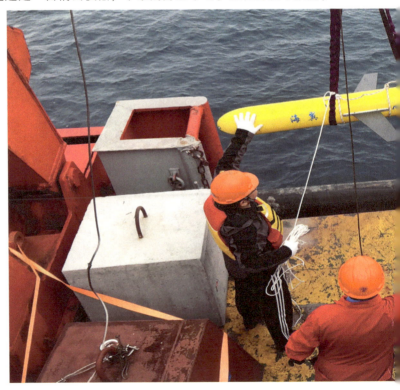

我看见队友们已经分头牵拉着绳索、拿着渔叉固定位置，再一个合力，"海翼"就下水了。其实，也没有那么神秘。

这个机器明明是在水下运行的，为什么会取名滑翔机呢？询问后得知，这是由于滑翔机在水下的运行轨迹类似一个"V"字，先下降到1002米后再上升，再下降再上升，从而获得海洋剖面的温盐信息，运行中呈现出一个滑翔的姿态。姿势和名字一样潇洒，从今天开始，"海翼"就将遨游在这湛蓝色的深海中了，返航时再见。

布放水下滑翔机
李娟 摄

背景介绍

　　水下滑翔机是一种水下机器人，操作人员通过设定浮力和运动轨迹，使其在水中滑行，获取相关水文信息。它具有能源利用效率高、噪声低等优点，能大范围、长时间连续进行海洋环境观测。

　　长期以来，国际社会一直在此项技术方面对我国实行封锁，因此国产水下滑翔机的研发应用对于打破技术垄断具有重要意义。此前，国产水下滑翔机已多次在近海科考、大洋科考中使用，但应用于我国的极地科考，这还是第一次。

"海翼"
李娟　摄

Day 10

7 月 29 日 穿过白令海峡，看见陆地了

UTC 时间：2018/07/29 11:08:00

经度：171° 34′ 31″ W

纬度：64° 23′ 43″ N

航速：16.6节　航向：31.5°

距上海：5797.55km

二

　　白令，每当念起这个名字的时候，总觉得它有一丝浪漫色彩。白令海峡，不仅分隔着北冰洋与太平洋，还阻隔了北美洲和亚洲两块陆地。白令海峡平均海深42米，海上风平浪静时，我曾有刹那错觉误以为这是一片静湖，疑似闯入一片禁地。然而就这小小的身躯，也隐藏着大大的故事。

　　1725—1728年，丹麦航海探险家维塔斯·白令（Vitus Bering）在俄罗斯彼得大帝的授意下，两次来

到这里探寻北美大陆和亚洲大陆是否相连。以探险家或者第一个来到这里的人的名字命名，是国际通行的惯例。在每一个名字背后，总有一段英雄壮举。白令的探寻成功了，海峡也因他得名。

1741年白令再次从这里向美洲进发，一场意外的风暴将他指挥的两条船分开了。当他的船队到达阿拉斯加的南部时，甚至还发现了一些属于阿留申群岛的岛屿。可与此同时，白令也一病不起。他漂泊到科曼多尔群岛一个无人居住的小岛时，不幸病死。这个岛，也被命名为白令岛。

白令的死因，是坏血病，这种病症与人体长期缺乏维生素 C 有关。从今天的航海营养供给能力看来，这个风险简直不值一提。但在几百年前的北极探险史中，坏血病成为一个挥之不去的阴影。1845年，英国探险家约翰·富兰克林爵士带领着他的先进船队和足够三年的补给到达北极圈后却音讯全无，这成为当时最大的悬案，令社会各界大为震惊。直到多年后谜底揭开，人们才知富兰克林和他的船队成员全部死于坏血病。促发坏血病的原因则是那些刚刚发明不久的含铅密封罐头。

说到历史，显得有些沉重。不过再往前追溯一万年，白令海峡也并非那么遥不可及。在冰河时期，全球海平面下降，白令海峡的峡底露出了水面，北美洲和亚洲之间出现一座天然"陆桥"。通过这座桥，人类和其他生物可以自由迁徙，学术资料上就有古印第安人是沿冰河时期结冰的白令海峡东渡美洲的古中国人的后裔一说。比如根据美洲印第安人的起源研究，当前出土的他们使用的器具、文字及遗迹等，与中国出土的同时代的东西具有很大的相似性。

白令海峡的冰封时期，留下的故事不止一个，但这里水浅离陆地近是千真万确的。晚饭以后没多久，同屋的申铖突然大喊"看见陆地了"。走航10天，一直漂泊在茫茫海面上，第一次看见陆地，一瞬间听见全船的舱门都在响动。走上甲板，从船头方向向前望去，夕阳照射的左手边是俄属岛屿，右边的岛则属于美国阿拉斯加州。我们拿着相机欢呼雀跃狂摁快门，那一刻，对陆地的向往超乎以往。

"看见大陆了" ①
倪俊声 摄

"看见陆地了" ②

倪後声 摄

背景介绍

　　白令在探险生涯中，不仅完成了对西伯利亚和北极海域的科学考察，还开辟了一条从亚洲通往世界新大陆的新航线，绘制了西伯利亚、北美沿岸的地图。因此，原先叫勘察加海的海域改名为白令海。

Day 11

7月30日 正式进入北极圈

UTC 时间：2018/07/30 21:41:00

经度：167° 52′ 3″ W

纬度：72° 36′ 4″ N

航速：15.1节　航向：39.1°

距上海：6060.64km

二

　　早9点不到，舱门外已开始热闹了起来。依目前的船速计算，今天上午，"雪龙"号将穿越白令海峡驶入北极圈。以北极圈为界，再往北，就是北极的广大区域，只有在北极圈以北，才有极昼的现象，也就是说从今天开始我们的黑夜会变得越来越短。按惯例，在进入北极圈的时候，科考队会组织一次集体仪式。

　　上午9点半，队员们已开始在直升机甲板上陆续集结。此时的海面，平静如水，无风无浪，说是海，倒不如说像是一片巨大的湖。"纳木错",脑海中浮现出多年前在西藏看"圣湖"的场景,但那只是一片小小的湖啊。眼前的这片海辽阔安宁,"雪龙"号的速度放慢了,巨大身躯仿佛也渐渐温柔了起来,海面上荡起的涟漪层层向外散去。两万吨的巨轮啊,此刻安静得像一叶扁舟。

甲板上的人群安静了,大家都在屏息以待,仿佛穿过这里,就能够打开探索北极的奥妙之门。渐渐地,内心的节奏紧张了起来。队员们已经在甲板上摆好了数字66° 34′的队型。五位记者则在旁边的高台上等待拍摄。

进入北极圈数字造型
申铖 摄

汽笛声响,到了,我们进入北极圈了!朝下望去,身穿红色服装的队友们面对镜头整齐露出"傲娇"的表情。

中国第九次
北极科学考察队

9
CHINARE

进入北极圈航拍照片
李英旭　摄

背景介绍

北极地区是指北极圈（北纬66° 34′）以北的广大区域，包括北冰洋的大部分，沿岸亚、欧、北美三洲北部的陆地和岛屿，其中海洋面积约1400万平方千米，陆地面积约800万平方千米。北极地区气候严寒，多暴风雪。夏季最高气温在10℃左右，冬季气温常可降至−50℃以下。位于北极圈内的北冰洋，是世界四大洋中最小的一个，面积约为太平洋面积的9%。北冰洋海水平均深度为1050米，最深处5500米。

CROSSING 84°N

第二部分
步入极昼

🔖 **Day 13**

8月1日 第一眼北极的冰

UTC 时间：2018/08/01 22:05:00

经度：159° 48′ 45″ W

纬度：74° 59′ 18″ N

距上海：6333.65km

温度：−2.1℃ 湿度：97.8% 能见度：17.86km

气压：1013hPa 风速：7.68m/s 风向：16.4°

　　冰有颜色吗？印象中是没有的。而北极冰，是有颜色的。它的颜色，比想象的更为绚丽。

　　今天，进入极昼了，海面上出现零星的浮冰。尺寸不大，形状各异，像散落在海中的点点星星，露在海面的部分是纯白色的，而浸润在海水中的部分，则透着晶莹的蓝光。那种蓝，纯粹透彻，在阳光的照射下犹如一颗颗奇异的钻。产生这种视觉效果据说是因为海冰里面

船侧的心形浮冰
李娟 摄

包裹着卤水。突然，一块心形浮冰映入眼帘，待相机准备好拍摄时，却又过去了。

刚刚度过了第一个不天黑的夜晚，生物钟大概还在惊讶和错愕。睡到半夜的时候醒来睁眼看一眼窗外，越看天越亮。今天晚上，又是一个不眠之夜。科考队进入北极圈后第一个站位作业，是在楚科奇海台回收2017年第八次北极科学考察队在这片海域布放的锚碇式潜标。尽管目前队友们通过信号搜寻已经找到了位置信息，但船几点能到，到了之后几点能找到，都还不确定。

在报道时，我们决定进行一场新媒体网络直播。在北极圈内的海面上进行直播很有意义，后方领导也认为很有价值，同意了这个选题。

可是网络信号怎么来呢？

面对需求，网络工程师英旭有点生气："手机信号都没有，搞什么网络直播？"

"我知道船上有海事卫星网络信号的，直播信号上传的码流①需要达到300Kbps。"

生气归生气，他还是答应了，而且尽心尽力。只是，这的确是一件费力又不确定的事情。

"300Kbps？那就是2兆带宽。船上的带宽只有2兆，这就意味着开了直播别的啥也干不了。"

"直播时间很短，而且可能很晚。"

"那试试吧，试试你就死心了。"

是啊，不试试，怎么能死心呢？讨论的同时，英旭已经搜罗出了网线和无线路由器，然后转身冲进了机房，开始插线拔线测试可能性。

北京时间下午四点半左右，与家里联系上了。这也是出海后唯一一次用自己的手机进行视频通话。我把手机摄像头对准窗外，让他们看见大片大片的浮冰。船时22:00，原先估计的锚碇式潜标回收时间到了，然而船还未到达指定的位置。驾驶台上一片忙碌，此时真有点像"大海捞针"。

船时23:00，夜宵时间到了。仍然不知道几点能到，我去一楼餐

---

① 码流(Data Rate)是指在1秒钟内，通信端口在传输数据时高低电平变化的次数，也叫码率。单位时间内传送的数据越多，所包含的信息量也越大。码流是视频编码中画面质量控制中最重要的部分。单位为 bps。

厅垫了垫肚子，然后回屋继续等。

　　船时半夜两点，北京时间晚上十点多，离预定的回收时间已经过去四个多小时，终于接到了到达通知。船时凌晨五点左右，锚碇式潜标找到了，海面上浮出一串橙色的浮球，驾驶台开始欢呼。好的，直播可以开始了，在彩虹的映衬下，打捞回收浮球的小艇搭载着5名科考队员向海面出发了……

科考队员乘橡皮艇回收潜标
中国第九次北极科学考察队　摄

背景介绍

　　北极冰，海水"幻化"成的冰，也就是海冰。和漂浮在海水中的冰山有所不同：冰山由冰架或冰川断裂后漂浮到海洋上形成；海冰则是由海水遇冷凝结而成，结冰过程中少量盐分以结晶的形式留在冰体中，所以海冰的物理性质和普通冰略有不同。在仪器下，我们看到了冰的颜色、冰的故事、冰的年龄……

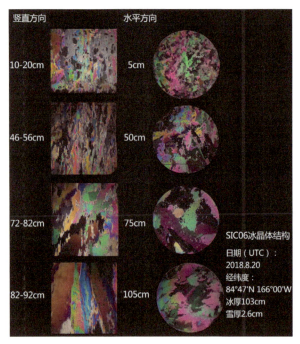

冰晶照片
曹晓卫　提供

Day 15

8 月 3 日 38 小时潜标回收

UTC 时间：2018/08/03 07:33:30

经度：172°　2'　32"　W

纬度：74°　49'　8"　N

距上海：5980.57km

温度：–1.2℃　湿度：99.4%

能见度：17.65km　气压：1016hPa

风速：5.16m/s　风向：348.5°

本就睡得不好，科考作业开始以后睡得就更不好了。

外面的气温变得很低，甲板行走变得困难。这两天的科考作业很密，自从锚碇式潜标回收开始后，队员连续作业了38个多小时。这中间，回收了两套又布放两套。每一次作业时间间隔四五小时，无论昼夜。当然，当前的北极是只有昼，没有夜了。每一次后甲板作业开始时我跟随去拍摄，拍完回来睡下，再到下一场，起来拍摄，再睡下。就这样，记录下一个完整的回收过程。

　　海面天气时阴时晴，浸润着海水的缆绳需要徒手牵拉，时间长了，手也就长期泡在海水里，这里海水的温度常年为零甚至更低。我看着他们工作有时在想，这哪是想象中的科考作业，比起以往在实验室里熟练地摆弄仪器，科研人员此时显得更像是生疏的码头助理，但这就是野外工作的特性。在极寒的环境里，拧螺丝敲冰洞提工作现实。大家都在努力，所以很快适应了这里的工作。

值班瞭望与思念
由德方　摄

　　慢慢地，大部分队员的手套都湿透了，需要不停地把手套摘下拧一拧再戴回去。采访中我问其中一位队员："手冷吗？""不冷啊，干着活很暖和。"呵呵，多么暖心的回答，其实是很冷的。我在边上站一会儿就觉得脸被风吹僵了呢。

从今天开始，大面积的综合站科考作业全面展开。所谓综合站，就是指每到达一个海洋作业站位的时候，各工作小组的工作同时进行。就像今天，后甲板作业时中甲板的 CTD（温盐深仪①）采水工作同步开始。第一次看 CTD 采水，CTD 采水像赶集般热闹，各相关小组拿着大小不同的各种瓶子罐子都有序地去了。有了水，北极科考对极圈内海域的又一次动态观测开始了。

CTD 布放作业
陈际雨 摄

————————————————

① 温盐深仪，是一种用来测定不同深度的海水水温、盐度的水体检测仪器。

背景介绍

北冰洋，是四大洋中最寒冷的大洋。这是由于北冰洋地处高纬度地区，太阳的平均高度低；再加上常年覆盖的海冰具有非常高的日照反射率，使得来自太阳的能量有很大一部分被反射掉了；最后是大气环流的影响——在冬季，北冰洋上空有高气压形成，夏季和秋季气旋活动频繁，因此北冰洋中部上空的高气压季节变化非常明显。这是造成北冰洋寒冷的三个原因。

锚碇式潜标，是海洋观测中常用的装备。2017年布放的这两套潜标，搭载了近20套监测海水温度、盐度、海流和海洋沉积物等的观测或采样设备，回收成功后科考人员顺利获取了为期整整一年的数据和样品，对我国研究北极环境和气候变化具有重要意义。

布放潜标时，根据每次考察的需求，会使潜标搭载多套观测设备，然后随着锚碇重块一起沉入海底。在回收开始之前，工作人员先通过声学设备"唤醒"潜标上的释放器，然后发布指令让观测设备与重块脱钩，最后潜标在浮力的带动下与浮球一起升至海面。这项作业的难度在于，受风速、洋流等因素影响，浮球出水的最后精准位置并不能完全确定。因此每一次潜标回收时，驾驶台瞭望搜寻浮球都是一个关键环节，如遇能见度不好的情况，有时可能几个小时都看不见。幸运的是，本次科考中的首次回收非常顺利，不仅在很短时间内确定了定位，队员乘小艇下海给浮球挂钩的过程也只用了十几分钟。

潜标的回家之路
路岑 摄

Day 16

8 月 4 日 看见北极熊了！

UTC 时间：2018/08/04 21:51:00

经度：172° 1′ 10″ W

纬度：77° 11′ 15″ N

距上海：6048.82km

北极与南极的区别，大概就是北极熊在这里而企鹅在那里。常有各种趣味小问题："为什么南极没有北极熊？"因为它叫北极熊呀。"为什么企鹅不去北极？"因为企鹅不会飞啊。

呵呵，这些只是拿来打趣的俏皮话。真实的情况是，北极熊的确没有到过南极。北极熊由古代棕熊演化而来，同属真兽亚纲的食肉目熊科。而在演化时期，北方大陆和南方大陆已经分离。随着地球板块的漂移，南方大陆解体了，非洲、南美洲逐渐和北方大陆连接到一起。南

茫茫冰原
由德方 摄

极洲则漂到了离北极最远的地球最南端。因此，北极熊再也没有机会去南极。不过，就算是真的把北极熊运到南极，恐怕也无法好好生存。北极熊常年生活在浮冰区，可以在海水中自在惬意地游来游去。而南极大陆仅在边缘地带有海水和浮冰，北极熊的活动范围远不如北极大。

不过，企鹅是真的"去过"北极。在北极曾有一种和企鹅外形相像的鸟，被称作大海雀，曾广泛生活在北大西洋的各个岛屿。如今，我们已经不知道大海雀是何时出现的，但对它的消失过程记忆犹新。从旧石器时代开始，人类就有了宰杀大海雀的行为。到了大航海时期，来自欧洲的船员对这种黑白分明、体型较大、走路笨拙、不能飞只会游泳的大水鸟进行大规模捕杀。大海雀的羽毛甚至一度在欧洲非常风靡。它的肉成为食物，羽毛成为御寒之衣。就这样，几百年的屠杀过去，大海雀的数量急剧减少。直到1844年，世界上最后两只大海雀死亡。人们再也无法在北半球找到它们的身影。而南半球的企鹅，与大海雀虽然外形极其类似，但没有一点亲缘关系。它们的出现，大概印证了趋同进化的原理。

北极熊的命运，比大海雀幸运，但并不乐观。尽管北极熊被称为"北极之王"，是陆地上最大的食肉动物，但受全球气候变暖、海平面上升、浮冰消失的影响，北极熊的生存区域也在逐渐变小。更何况，现在是夏季，一年当中北极熊觅食最困难的季节。且不论在此行中是否能遇到北极熊——据说以往有的航次一次也没遇见——就算遇见，也可能会看见它最消瘦的样子。

最近队里正在进行一件有意思的事情，组织大家进行"猜熊比赛"，大概意思是每个人预测一下北极熊出现的时间，精确到小时时段，按与实际出现时间的接近性评出前三名。今天中午在食堂吃饭的时候我还在嘀咕这事，这才刚刚出海十几天，能那么快就看见北极熊吗？我心想最早遇见熊怎么也得8月中旬吧。

王者的出现往往出其不意。船时18:30，我正在5层甲板外拍视频。突然广播声响："在船的左舷方向，发现北极熊。"安静的"雪龙"号瞬间沸腾了，每一层甲板上都冲出了人，有的甚至来不及穿外套，穿着单衣就直接冲了出来。

可是，熊在哪啊？每一个人都在伸长脖子张望。肉眼望去，只能看见模糊的一团。为了看清楚熊的样子，我赶紧跑上驾驶台，拿着高倍望远镜远远望去，一只成年北极熊正趴在冰面上，它的身边有一摊血迹，看起来像是刚刚吃完一只海豹，正惬意地打盹休息。不管怎样，第一次亲眼见到北极熊，真开心！

"初见"
悦悠音 摄

背景介绍

　　北极熊又称白熊，生长在北极地区，是陆地上最庞大的肉食动物。据不完全统计，生活在北极的野生北极熊大约有两万多只。一般认为，北极熊生活在北纬80度到北纬85度之间的冰域，它们以海豹为主要食物，同时也会捕食任何能够被猎杀的动物。如果特别饥饿，也会进食腐肉和浆果、树根等。

　　北极熊体积巨大，平均每四五天就要吃掉一只海豹。一般来说它们的捕猎方式是"守株待兔"，在冰面上找到海豹的呼吸孔，然后耐心地等到海豹露头时一掌拍下，把海豹拍晕，之后再拖出来享用。

　　全球气候变化及北冰洋夏季海冰消退，让北极熊的生存面临新的挑战。在北极圈周边的陆地，例如斯瓦尔巴群岛、阿拉斯加西北海岸附近，常有北极熊溺水或食不果腹的新闻出现。这可能是由于北极熊跟随浮冰一路漂到近大陆地区，再待回头时，海冰都已经融化，无法再前往高纬度冰区觅食。

Day 17

8 月 5 日 不易消逝的冰虹

UTC 时间：2018/08/05 07:52:00

经度：169°0′52″W

纬度：77°1′45″N

距上海：6116.91km

二

  我对"雪龙"号破冰的过程感到新奇，虽然这让人有点晕。继"晕船"之后，我开始"晕冰"了。据今天的航海日志记载：

  14:00　GPS 77°06′6″N　170°45′8″W 冰情六成冰。

  18:00　GPS 77°00′67″N 169°17′50″W 九成冰。

"雪龙"号破冰
由德方 摄

　　冰虽逐渐开始密集，但还不算太厚，可目测找寻水道航行，但时不时难免要从冰上碾过。破冰时，"雪龙"号的船体会发生震动。坐在房间，躺在床上，感到明显的"颠"，还是那种从底部传来的上下左右皆有的"颠"，如同被厨房大师傅的热锅翻炒。

　　晚饭后，阳光正好，去驾驶台拍照。船在冰间水道里找路行走，像从一个个小小的"溶洞"上细心踏过。再次见到了彩虹，或者叫冰虹。北京的夏天也常有彩虹，雨后水汽在阳光的映照下形成绚丽的风景。北极的夏季并没有雨，或者准确地说很少或几乎没有雨。水汽不是来自天上，而是来自海里，冰间水道上空的雾遇到阳光则会形成冰虹。阳光在，冰虹便在。这样正好，极昼里的冰虹不受白天黑夜的限制长时间悬挂于海面。这样的日子，凤毛麟角。

海面冰虹　摄
倪俊声

背景介绍

　　"雪龙"号船上拥有较为齐备的导航仪器设备、气象观测设备、甲板作业设备和各类实验室，备有工作小艇和直升机平台。在破冰方面，"雪龙"号更多是依靠自身重量对冰面进行碾压，最大破冰能力是能够以2节的速度连续破1.2米厚的冰（含20厘米的雪）。

　　"雪龙"号不是严格意义上的破冰船，对于北极的多年冰，经常无能为力。从科考作业角度，"雪龙"号干舷达4～5米，也十分不利于设备的布放和回收。好在，我国为两极冰区大洋作业专门建造的新破冰船在设计时已部分或全部解决了这些难题。

Day 18

8月6日 北极熊真的会灭绝吗？

UTC 时间：2018/08/06 06:26:30

经度：161° 50′ 50″ W

纬度：76° 18′ 48″ N

距上海：6286.55km

温度：-0.6℃ 　　　湿度：99.9%

能见度：0.45km 　　气压：1004hPa

风速：7.48m/s 　　 风向：10.9°

　　《北极圈罕见32℃高温，北极熊或在40年内迎来灭绝》，这个网络热帖在2018年的酷暑中传遍了大江南北，包括远在天边的北极。刚收到消息时，大家相视一眼，好好笑。我们这里好冷，真的冷。只要走出舱门，就必须穿上防寒服。别说高温了，就连在外面多露会儿脑袋都会觉得头疼。

随着消息的扩散，我们收到了很多来自后方团队的留言。后方非常关注这个热帖，希望正在执行任务的北极科考队能够接受采访并回应相关内容。关于这个选题，一开始科考队领导是有些顾虑的，毕竟在极圈内陆局部地区出现高温状况也很有可能，只是暂时的天气现象。现在船上的通信状态已经非常不好，我们无法看到所有的资料，无法对特殊的天气过程做全面的分析，而现场视频回传也十分困难。再加上沟通存在延时，并不确定这个帖子的热度是否已经过去了。也许我们做好了，其热度已经被新热点盖过了。

尽管如此，辟谣还是很有必要。经过协调，首席科学家助理雷瑞波接受了卫星电话采访。电话里，后方很关心北极熊的生存情况。我传回了一张前两天遇熊时队员拍摄的北极熊照片。据说北极熊十分怕热，但从神态上看，北极熊过得十分舒适，一方面刚吃完海豹，另一方面北极考察现场确实不热。

一只北极熊

倪俊声　摄

背景介绍

　　据气象专家介绍，北极圈以北陆地局部地区出现高温是一个天气过程，只是一个偶然现象，不能代表平均态的气候变化。这种情况在不同季节都有可能出现。海洋与陆地的气温环境有很大的不同，从走航观测情况来看，"九北"科考的气温状况与以往相比未见异常，但也只是一个年度的单一现象。海冰的融化使得冰区的气温维持在零摄氏度上下。总体来说，2018年夏季北极冰区变暖并不明显。

　　不过，全球气候变化与海冰快速融化是个不争的事实。北极气候变暖速度约为全球的2～2.5倍，南极的海冰也在减少。2019年夏美国国家冰雪数据中心公布的南极浮冰数量再次创下历史低点。

船边融池
李娟　摄

■ **Day 21**
8 月 9 日 意外发现北冰洋之"锰"

二

UTC 时间：2018/08/09 04:25:00

经度：157° 21′ 50″ W

纬度：77° 45′ 55″ N

距上海：6407.24km

温度：−0.8℃   湿度：99.7%

能见度：1.14km   气压：1009hPa

风速：7.1m/s   风向：345.6°

　　这几天的艉部甲板作业很密集，从重力柱状沉积物采样、箱式沉积物采样到底栖生物拖网、浮游生物拖网等，平均每一个作业站位有好几项不同的工作，有时船到站位的时间正好是半夜，因此常能看见队友们每隔几小时就要"上班""下班"，回来休息也隔不了多久就得再去。也有的人在几项作业中都有任务，相对比较辛苦。

甲板作业
倪俊声　摄

　　一大早接到隔壁屋渔业资源专业的队友通知，后甲板要开始生物拖网作业。这项作业是为调查海洋生物生态而开展的，据说此前类似鱼类、海星、鱿鱼等都是网中的常客。目前"雪龙"号在北冰洋中央区的无冰区域，水深大约2002米。上午9:30左右，后甲板聚集了不少人，都想看看今天到底能不能捞上点什么。9:55左右，网上来了，附着而来的海底泥透过网眼疯狂外溢。粗略望去，这一网，算是大部分落空了。网内的石头很多，而真正的生物不多，只有一条鱼和几个海葵。再落到甲板时，早有待命多时的队友拿着高压水枪向前冲去，试图把海底泥冲去，寻找隐藏在其中的生物样品。

　　海洋作业的不确定性可见一斑。有时想采泥，拖上来的是一堆石头。有时想拖石头，采回来的却是一堆泥。所以只能一个站位接一个站位地做下去，通过普查得出定量的结果。再过一会儿，隔壁屋的姑娘已把网里的生物分拣好放到托盘里，接下来要把它们拿回实验室进行冷冻和分析。

生物拖网作业成果

泥海星	轮海星	海盘车	面包海星	铠甲虾	钩虾
筐蛇尾			棘蛇尾	雪蟹（松叶蟹）	双弘互爱蟹
狮子鱼		北极雪		纽虫	帘蛤
杜父鱼		狼绵鳚		寄居蟹	海葵
拟庸鲽	杜父鱼	鳐	狼绵鳚	蟛虫	蛾螺

注：上表为生物大类名称

来源：中国第九次北极科学考察队、自然资源部第三海洋研究所　张舒怡

　　这一场热热闹闹的拖网作业算是结束了吗？还没有。甲板上，一场"分石头"大战开始了！由于是底栖生物拖网，石头是没有科学价值的。离家万里，来的又是北冰洋，想说带点什么回去真的很难。眼前这些"意外"而来的石头正是绝佳的纪念品。作业结束后，包括我们515房间三位媒体姑娘在内的围观队友们排起了长队，轮流挑选自己喜爱的石头。大的、小的、黑色的、粉色的，大家在甲板上欢乐地挑挑拣拣，就好像在沙滩上捡贝壳一样那么高兴。

　　北极，我们来了，轻轻地带走了点什么。

"北极" 渔业资源调查样品展示　　李娟　摄

背景介绍

回航之后，2018年12月的《海洋学报》刊登了以《中国第九次北极科学考察中的意外发现——多金属结核》为题的文章，对这一次的石头发现之旅进行了认定和介绍。

内容如下：

在以我国海洋学家魏泽勋研究员为首席科学家的中国第九次北极科学考察中，意外发现了大范围的多金属结核。在临时增设的11个调查站位、连续站位线距离长度逾越500千米的范围内发现了多金属结核。在DG02站位上，样品由以张涛副研究员为现场作业负责人的地球物理组采用岩石拖网获得；在其他10个站位上，样品由以宋普庆副研究员为现场作业负责人的渔业资源组采用底栖拖网获得。除DR02站水深大于1002米外，其他站位水深均小于350米。从形状上看，结核状、板状和皮壳状均有出现，但以板状多金属结核居多；厚度多为1～2厘米。

这是我国继第七次北极科学考察在R11站唯一一个站位上发现少量多金属结核后，第一个在如此大的范围内发现多金属结核的北极科考航次；且部分站位体量巨大，这一发现实属我国北极科学考察中的意外发现。这一发现使我国成为继美国和俄罗斯之后，第三个在北冰洋太平洋扇区发现大范围多金属结核的国家。

"九北"铁锰结核结壳（加比例尺）

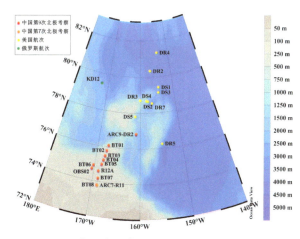

在 11 个调查站位发现铁锰结核

来源：魏泽勋主编，《中国第九次北极科学考察报告》，
海洋出版社，2020 年 5 月。

CROSSING　84°N

第三部分
梦里的熊 未知的冰

▌Day 23

8 月 11 日 极限挑战 8 小时

二

经度 : 168° 49′ 42″ W

纬度 : 79° 13′ 6″ N

要说南极科考和北极科考之间有什么不同，大概就在于，北极科考中对冰站考察的站点设计更多、更密集、考察范围更广。简单来说，也更值得期待。

冰站，并不是用冰做的车站，而是对浮冰上临时作业点的代称。浮冰随着洋流、风速等变化漂浮，只是短期看来移动范围并没有那么大。由于合适的浮冰什么时候出现不可控，天气状况也随时在变，船长、队领导、冰站作业队长等人便在航行中边走边看，一遇合适浮冰立即出发，所以冰站作业必须做好准备，随时响应。

总体来说，冰面大片、平整、具备一定厚度，既有融池也有冰脊，可供考察的要素全面，另外周围有一片较为宽敞的水域，方便黄河艇行驶靠岸的浮冰便是合适的科考作业冰，同时还有重要的一点就是在目测瞭望中没有发现海豹或北极熊的踪迹，相对安全。

这几天，我们一直惴惴不安地等待冰站作业开始的消息。第一次下冰，除少数几位有经验的队员外，大部分人对海冰状况不甚了了。今天的海冰状况是七成冰，我们已在密集冰区。接下来需要做的，就是找到适合考察的大冰靠上去。

上午九点，敲门声响，第一个短期冰站到了。仓促中，翻箱倒柜地换衣服，"多穿点，多穿点"，心里不停地告诫自己多穿点。冰站到底有多冷？同屋三人面面相觑。三件衣服、三条裤子、两双袜子，外面再套上防寒作业服和雨靴，脸上围着黑面罩，再戴上黑墨镜。我把能穿的都穿上了，还没走出舱门，已经捂出一身汗。出门前，又在最外面加上了一条红色围巾。

赶到甲板时，第一批下冰的作业人员已经在列队了。穿上救生衣，戴上安全帽，留下队员证。自上海出发后，第一次离船"远行"要开始了。领队及相关人员在船舷边送行，不停地叮嘱注意安全。再一回头，每层甲板上都站了不少人。

9:55，29名队员搭乘黄河艇到达"九北"科考第一个短期冰站，开始现场取样及考察。上冰人数共计29名，其中科研人员21名，记者2名，防熊队员2名，操艇人员4名。

短期冰站考察项目所涉及的学科包括海冰物理、冰面气象、水文、光学、生物、化学和声学。海冰物理和冰面气象方面布放了1个海冰物质平衡浮标和两个温度链浮标，利用无人机开展了两个200m测线的航拍，获取了8根冰芯，钻孔20个，观测了100m的冰厚剖面

2个，获得冰站微塑料积雪样品1个；海冰化学方面，获取了15根冰芯样品，采集了4个层位的冰下水，采集了50L 的积雪样品，获取了2个点的融池水；海冰生物方面，获取了9根冰芯样品，采集了4个层位的冰下水，获取了1个点的融池水。

今天的冰面作业时间在8小时左右。由于只带了一些简单的零食，加上部分作业结束后在冰面等待时间较长，回船时队员们都很疲惫。

"下冰工作"
路涛 摄

冰上布放北极温度链自动观测站　李娟　摄

背景介绍

　　冰站作业，是指作业人员离开母船前往附近一块相对平整结实的浮冰，按照预定计划开展工作，根据海冰物理、冰面气象、海洋水文等多种学科要素进行现场考察和取样。

　　冰站作业的风险，主要来自冰裂隙和熊两个方面。冰裂隙是海冰融化造成的，危险在于由于表层积雪覆盖，不容易被肉眼发现，一旦冰面破裂，人就有可能随时掉入海中。

　　而北极熊的威胁在作业中也会时时存在。一般来说，短期冰站会安排2~3名防熊队员在作业过程中持枪站岗执行瞭望任务。长期冰站还会增加"苹果屋"（形似苹果的绿色玻璃钢营地）等防熊设备，遇熊后可迅速进内躲避。必要时，还会启动直升机进行驱熊。

黄河艇与短期冰站
由德方　摄

附：

尝尝北极雪　致敬极地人
——记第一次短期冰站采访时光

冰站作业
中国第九次北极科学考察队　摄

　　8月11日上午，我和28名科考队员一起离开"雪龙"号，前往第一次短期冰站作业地点。离船时刻，回头看见每一层甲板上都站着不少人，在队领导和送行队友们的眼神中，我看到了期待、祝福及些许的紧张。

　　踏上冰面，如同行走在坚硬的大地，出海20多天以来，第一次有了"脚踏实地"的实感。在拍摄队友们搬卸设备的时候，我使劲踩了踩脚下的"地"，确认还能适应。上了冰面的科考队友犹如被拧紧了发条一样进入疯狂作业模式，瞬间四散开去，有的取冰芯，有的忙打钻，有的埋仪器，每个人都在争分夺秒，不远万里将设备带来北极，为的就是这个时刻。此时风似乎静止，气温也不再寒冷，我看到的，是热腾腾的"战斗"场景。第一次来到冰面作业现场，一切都是新鲜和特别的，我和摄像师努力跟着大家的节奏，在一个又一个作业点记录拍摄，寻找亮点和话题。

冰面作业
李娟　摄

　　雪地上，各小组工作渐渐开始收尾。融池边依然一直有一名队员对着电脑端等待数据信息。侧面望去，远方是高高的冰脊，冰雪映衬着寂寥的身影。那一刻，向极地人的执着和坚守而致敬。临近离开，突然很想把这里的雪花和故事带给远方的亲人。雪是带不走的，而视频可以留下。在队友的帮助下，我对着手机镜头抓了一把雪放在嘴里尝了尝——嗯，不咸，是淡的。

▌**Day 25**

8月13日 未知北冰洋

UTC 时间：2018/08/13 00:20:30

经度：169° 19′ 36″ W

纬度：81° 9′ 12″ N

航速：4.8节　航向：248.7°　距上海：6222.22km

温度：-0.4℃　湿度：99.9%

二

　　今天进行第三次短期冰站作业。这几天，队里保持着每天一个短期冰站的作业节奏，记者方面则轮着每天两人下冰采访。

　　这两天我没有下冰，留在船上整理素材。每次队员出发和回来时，我都去船舷边拍一些送行和迎接的照片。经过这两天的磨合，冰站作业节奏顺畅，队员们在冰面上完成操作的速度也越来越快，队里逐渐恢复了往日的轻松气氛。

"送行"
由德方 摄

　　早晨我去餐厅，碰到大厨，他也是一位江苏人，每次见到我热情地喊"老乡"。他今天见到我分外高兴，说厨房做了豆浆，让我赶紧拿着杯子去打一杯。豆浆？这是船上的稀罕物了。待我回去耽误了一会儿再下来，一看锅里，豆浆已变成了豆花，原来豆浆是为了晚餐的自制豆花准备的。从豆浆到豆花再到豆腐，一大包豆子在厨房师傅们的手里一日三变。

　　请原谅我对这些事物这么好奇，前几天申铖的帮厨项目是在一大堆三文鱼身上拔鱼刺，才让我第一次知道三文鱼刺身这道菜还需要拔刺。

　　生活的盲区，在"雪龙"号的菜单里只是一个小小的体现。而对于船外的这片海洋，尽管人类从对北冰洋有探险史到现在历经数百年，尽管已经有了东北航道、西北航道、中央航道，但直到现在，人类对北冰洋的认知，依然少之又少。

你不知道你所不知道的，这是出发前我对自己的告诫和畅想。如果把我们对北极的已知比喻成一块已经完成科考作业的浮冰，我们探知了它的温度、盐度、深度，获取了它的漂流信息，那么未知的领域则是浮冰外那片广袤的世界。也正因如此，每一年的考察作业，都有宝贵的价值。

"吊笼"
倪俊声　摄

背景介绍

人类对极地的科学考察从19世纪80年代才正式开始。1882—1883年，国际气象组织（IMO）发起了国际极地年（IPY），并联合12个国家共同开展南北极考察，标志着极地科学考察时代的开始。

根据《北极海运评估报告2009》，东北航道是指西起冰岛，经巴伦支海，沿欧亚大陆北方海域向东，穿过白令海峡到达太平洋的多条海上航线的总称。西北航道是由格陵兰岛经北美大陆北部沿海，穿过加拿大北极群岛海域，连接太平洋和大西洋的多条航线的总称。近年来由于夏季北冰洋海冰消融速度加快，穿越北极点附近高纬度海域的潜在中央航道也逐渐进入人们的视野。

"征途"
王超 摄

⚑ Day 26
8月14日 天气说变就变，直升机试飞取消

UTC 时间：2018/08/14 06:49:30

经度：168° 2' 26" W

纬度：82° 2' 52" N

航速：0.9节　航向：297.7°

温度：−2.4℃　湿度：98.5%

今天的海冰密集度在九成左右，很少看见大片的
"水塘"（指开阔水域）。破冰前行困难，"雪龙"号仅能
以低于1节的航速前进。海面上被碾碎的浮冰沿航道侧
边翻腾出来，露出蓝色的底。

航线上海冰密集度约九成
李娟　摄

由于卫星遥感海冰图的接收存在延时，航行驾驶更多还是凭借目测经验寻找水道前进。这时，队里开始酝酿用直升机探看冰情。

果然，下午一点党办主任綦欣召集记者开会，通知直升机将开始进行试飞和冰情探测，并对媒体记者的直升机架次安排进行分工。我和《中国海洋报》记者路涛，被安排在今天下午的首次试飞架次，由首席科学家魏泽勋带队。试飞前，需要安排人帮忙将飞机推出机库。

　　接到通知后，我和路涛开始了焦灼的准备和等待。16：00，天下起了小雪。我们来到直升机起降平台时，机组人员正在给直升机安装旋翼。可惜，天愈发阴沉了。在全部准备完毕又等了半个多小时以后，驾驶台通知因天气原因直升机试飞取消。

工作人员正在给直升机安装旋翼
李娟　摄

背景介绍

　　"九北"科考所用的直升机是SA365"海豚"直升机，机组人员4名。最大升空高度6002米，一般巡航速度为250千米／时，续航时间能达到3.5小时，最大起飞重量4002千克，每架次仅能安排6～7人（含飞行员）搭乘。

　　南北极科考中直升机的用途略有不同，南极科考中直升机多用于货物吊装，而在北极科考里，直升机在冰情探测、寻找航道、海冰漂移浮标布放、"苹果屋"吊装、冰上驱熊等多方面均能发挥作用。由于"雪龙"号上机库空间有限，每次直升机入库时需将4根旋翼拆下，待飞行前再装好。

SA365"海豚"直升机
李娟 摄

Day 27

8 月 15 日 睡梦里错过"三只熊"

UTC 时间：2018/08/15 09:26:00

经度：168° 8′ 38″ W

纬度：82° 49′ 0″ N

航速：4节　航向：35.3°

距上海：6289.52km

温度：−0.2℃　湿度：99.9%

凌晨三点，电话声响。"喂，发现北极熊！"电话是驾驶台打来的，声音中透露着兴奋。"哦，好，知道了，谢谢！"接电话的是我，很困，只记得我在困意中挤出一点力气冲着房间大吼"通知说有北极熊"。然后就睡着了。

　　待早晨醒来，跑上驾驶台，我才知道，凌晨三点出现的北极熊，不是一只，是三只。不是像上次那样远远的、模糊的，而是就在船舷边玩耍嬉戏，停留了半个多小时。由于半夜收到消息和能爬起来的人非常有限，所以昨天夜里，大部分人和"九北"航次里可爱的三只熊遗憾错过。

　　短期冰站作业今天连续进行到第5天。临出发前，下起了小雨，这在北冰洋中心地区非常少见，但当天的作业安排并未因此取消。随着作业的进行，雨越下越大，大部分队员的衣服和鞋袜全部浸湿。直至作业结束，"冰雨"仍在持续，大部分队员回船时鼻子脸颊冻得通红。

"三只熊"
倪俊声　摄

"错过"

汪南·摄

背景介绍

冰站作业，是北极科考中的重要内容，其是指以北冰洋漂浮浮冰为临时基地开展多学科考察，依据时间长短分为短期冰站和长期冰站。一般来说，短期冰站作业时间4~8小时，以现场测量和样品采集为主。长期冰站作业时间则以天为计算单位，在更长的时间序列里开展综合观测。

❚ **Day 28**

8 月 16 日 唱响 "雪龙最强音"

UTC 时间 : 2018/08/16 10:28:30

经度 : 169° 6′ 43″ W

纬度 : 83° 53′ 38″ N

航速 : 3.7节　航向 : 213.4°

距上海 : 6311.26km

温度 : −4.1℃　湿度 : 95.9%

　　船时13:30—14:30，直升机开展第一次飞行，寻找适合做长期冰站的浮冰及北上航行水道，并进行海冰漂移浮标试验性投放。

　　前几天的短期冰站作业节奏紧张，加上目前所在区域冰情严重航行困难，今日冰站作业暂停。利用这个难得的空档时间，队里决定举办"雪龙最强音"歌唱比赛决赛。"雪龙最强音"，也是"雪龙"号上的传统项目。

"雪龙"号侧面翻腾起来的海冰
李娟　摄

地下一层多功能厅里有一套简易的卡拉 OK 设备，尽管歌单有限，音响条件和陆地上也不能比，但在漫长无聊的海上环境中，队友们的动人歌声还是常常能够给人慰藉。

得知决赛消息的时候，已经是今天上午了。我和申铖均不算擅长演唱，之前为了丰富体验，报名参加了这项活动并通过了初选。前几天的累劲还没散去，对于决赛感到压力颇大。

晚七点半，决赛开始了。我俩按抽签顺序第二个出场，演唱了一首五月天的《知足》，想借歌声表达对这段时间以来队领导及队友们关心照顾的感谢，知足并常乐。演唱中台下的队友配合我们一起打开了手机手电筒功能营造星星点点的荧光棒效果，场面非常温馨。

比赛激烈而又精彩，一半演唱，一般抒怀。来自美国特拉华大学的博士生欧阳张弦是船上三名国际交流项目人员中唯一来自美国的，又是中国留学生，他选择演唱一首《红旗飘飘》表达爱国情怀。后来他在一篇约稿中写道：

留学美国三年，当看到《战狼Ⅱ》与《红海行动》里中国海军英勇的撤侨行动，新西兰大地震与印度尼西亚巴厘岛火山喷发时中国政府的高效救援，镜头前高举的中国护照与五星红旗，身在异乡的我红了眼眶。那一刻，五星红旗离我如此近，近到能时刻感受到有一片鲜红飘扬在身后，有一股力量让人心安。

我愿去寻回最初的那份敬畏与热爱。带着一点点私心，在中国第九次北极科学考察"雪龙最强音"的决赛现场，我高唱了一首《红旗飘飘》。因为我心中有那么一个画面，在地球最北端，当极昼的太阳映照着冰上的五星红旗和"雪龙"船，纯白中那一点鲜红，真美。

"雪龙号"破冰前行

李娟　摄

背景介绍

在南北极科考航行中，会有丰富多彩的业余活动。除"雪龙最强音"以外，还有50K扑克牌大赛、乒乓球比赛、投篮比赛、摄影比赛等多种活动。目的是鼓励大家积极参与，增进交流。

另外船上配有一个小的图书室，每周日晚开放一小时。由于北极考察航渡时间较短，一般出发后航行一周多就到楚科奇海，紧接着就要开始密集的科考作业，因此留给大家进行集体活动的时间非常有限。

附：

"雪龙最强音"唱响今夜

8月16日晚，第九次北极科学考察队"雪龙最强音"唱歌比赛（决赛）在万众期待下激情唱响。本次决赛在首轮晋级的十组实力相当的选手中决出冠亚季军各一名，竞争尤为激烈。担任本次决赛的评委分别是领队朱建钢、首席魏泽勋、船长沈权、党办主任綦欣和首席助理陈红霞。大洋队队员袁卓立担任主持。

王杭州作为最先出场的参赛选手，深情演绎了《难道爱一个人有错吗》；首轮比赛最吸引观众眼球的女记者李娟、申铖此次一改欢快曲风，在观众挥舞的"荧光灯"中带来了五月天的《知足》，现场气氛也随之越发高涨。陈魁更是将一首《我想大声告诉你》送给了"失散多年"的高中同班同学陈之依；夺冠大热门欧阳张弦，作为一直在国外求学的学子，以一首《红旗飘飘》唱出了他的爱国情怀，比赛也随之被推向高潮。紧接着祝鹏涛的《雨一直下》唱进了每个人的心坎；来自法国第六大学的Nicola的一首 *Nothing Compares to You* 让大家感受到了异域风情。刘少甲用高亢有力的嗓音演绎了《快乐至上》，朗朗上口的旋律让观众都情不自禁跟着哼唱。"八北"冠军——"情歌小王子"孙云飞一出场就博得满堂喝彩，一首《鸿雁》浑厚深情，观众的掌声也是一波未平一波又起。李倩把自己的深情寄托于《后来》，堪称"小刘若英"。最后出场的是首轮比赛惊艳全场的于刚，这次他本人更是融入歌曲《一无所有》之中，跟着拍子有节奏扭动，达到了一种忘我的境界。

经过两小时的激情"拼杀"及最终紧张的统分，"情歌小王子"孙云飞蝉联冠军，亚军花落欧阳张弦，季军是李倩。至此，第九次北极科学考察队"雪龙最强音"唱歌比赛圆满落幕。此次活动丰富了考察队的文化生活，也让"九北大家庭"更具凝聚力。

文 / 陈魁，摘自雪龙门户网

"雪龙最强音"大合影
来源　雪龙门户网

▌Day 29
8月17日 告白"七夕"

UTC 时间：*2018/08/17 22:31:30*

经度：*167° 17′ 36″ W*

纬度：*84° 11′ 5″ N*

航速：*0.2节* 航向：*180.6°*

距上海：*6340.51km*

温度：*−3.1℃* 湿度：*91.6%*

能见度：*18.41km* 气压：*1004hPa*

风速：*6.46m/s* 风向：*314.8°*

一个人，用心地在纸上书写下"清贫是你，荣华也是你"，并在众人面前郑重承诺。这样的场景，你是否愿意相信？换作在城市里，我一定不太信。但在北极的天空下，亲眼见证这一场景的发生，感到既真实而又难得。

今天，是农历七月初七。"七夕"，天上的牛郎织女夜晚相会的日子。我们这里，太阳不会落山，牛郎织女鹊桥相会也就无从谈起。但借这个日子，可以对远方的亲人表达思念祝福之情。尽管正在冰站作业关键期，队里还是同意组织"七夕"祝福活动，大家可以自由参加，各自书写祝福后统一拍照和录视频。

科考研究人员以理工科专业的为主，女性队员总共也只有14名，对于这样一个需要外向表达情感的活动，队员的参与度到底会有多少让人不好预料。

没有想到，在约定时刻，队友们拿出的"作业"令人瞠目结舌。来自自然资源部第三海洋研究所的张飞给自己的女儿曼曼写了一封长长的家书，不仅感人，还很押韵。他在家书中告诉女儿说："虽然20多天不见，但老爸每天都会想你。等暑假过完，幼儿园开学，老爸就会回到家里。"我们邀请他在甲板上一边朗读家书一边录制视频，舐犊之情自然流露，感人至深。

来自厦门的年轻姑娘张舒怡是个准新娘，计划返航后举行婚礼，她在彩纸上为未婚夫写下"清贫是你，荣华也是你，愿今生今世携手前行"的时候，引来一片惊呼。更有甚者，对远方的爱人写下求婚申请。也对，北极的天空下一个人一生能来几次呢？在这有限的日子当中又适逢"七夕"，正是一个千载难逢的人生机会。

"七夕"祝福活动
中国第九次北极科学考察队　摄

　　在科考途中过"七夕"还有一个便利，那就是可以在每天布放的 GPS 探空气球上书写文字，这个探空气球可以上升到3万米以上的高空。当满载祝福的气球升空，对远方亲人的思念和情意似乎也随之被送走。

　　今天，队里还召开了长期冰站作业前的准备会议，公布了冰站作业方案和防熊预案。这两天一旦找到合适的浮冰，就会立刻开始长期冰站作业，并进行防熊演习。

满载祝福的 GPS 探空气球
李娟 摄

背景介绍

GPS探空气球的布放，是北极科考气象观测中的一个重要组成。这也是中国参加世界气象组织（WMO，前身为IMO）"极地预测年"（YOPP）行动计划现场观测工作的一部分。

"极地预测年"行动计划的核心目标是提高对海冰和能见度、风和降水等关键要素的预报能力。为此需要迫切开展新的极地现场观测，以改进极地观测系统，提高对模式中关键极地过程的认识，并为卫星观测网络提供宝贵的地面验证数据。

进入北纬60度以后，"九北"气象观测人员在"雪龙"号航线上于每天的00:00和12:00（UTC时间）进行两次探空观测实验，获取温度、相对湿度、气压、风向、风速等气象要素，从而刻画出大气的垂直廓线特征，了解北极地区大气及边界层的条件。实时传输到地面的观测数据将会共享给世界气象组织。

GPS探空气球
李娟 摄

CROSSING 84°N

第四部分
冰的记忆 海的传奇

▌Day 30

8 月 18 日 长期冰站作业突然开始

二

UTC 时间：*2018/08/18 11:02:30*

经度：*167° 9′ 11″ W*

纬度：*84° 7′ 57″ N*

航速：*0.2节* 航向：*176.1°*

距上海：*6340.5km*

温度：*−2.1℃* 湿度：*97.3%*

能见度：*18.41km* 气压：*1004hPa*

风速：*8.45m/s* 风向：*310.1°*

　　长期冰站作业开始了，突然就开始了，开始得特别突然。昨天中午队里还在为寻找长期冰站作业点的事情非常焦虑。卫星遥感云图接收延时，直升机探测冰情不理想。如果说找冰和作业的时间总和是限定的，把时间花在找冰上，就意味着留给作业的时间更少了。

　　这件事，就好像是人算不如天算。就在所有人感觉暂时找不到合适浮冰的时候，突然发生了转机。8月17日下午一点左右"雪龙"号突然遇到了一块破不动的大冰。连续折腾两小时无果后，队领导全部聚集到了驾驶台，观测这块浮冰并集体决定：就是这儿了。

　　吊车把雪地摩托车放了下去，海冰队队长雷瑞波在摩托车的配合下开始下冰探测冰情。我和队领导一起在驾驶台静静地观看并等待结果。雷瑞波在冰上跑得很快，手里拿着一根竹竿，摩托车拖载着十几根竹竿在他身后不紧不慢地跟着，这些竹竿主要用于标识安全路线，这个过程持续了近一小时。当雷瑞波把国旗和队旗在冰上竖起来的时候，"九北"科考中的长期冰站出现了。

长期冰站出现了
倪俊声　摄

长期冰站作业现场
申铖 摄

接下来的步骤按照既定部署有条不紊地进行，直升机起飞吊运防熊"苹果屋"，部分重型设备开始下冰，待一切安顿好后已经是8月17日傍晚。正式作业时间从今天上午八点开始，每四小时一班岗，由吊笼将作业人员从母船直接吊运至冰面。每一班仅限记者两名，因此记者之间也进行了一次排班。

当我获准到达长期冰站作业冰面的时候，已经是8月18日中午十二点半左右。今天的风可真冷啊，天空中飘散着肉眼可见的大片雪花，按照申铖的嘱咐我把安全帽牢牢地扣在脑袋上。起初我还纳闷，塑料制成的安全帽，在北极这样的低温环境里能起啥作用？这一刻终于明白了，防风！

在安全帽的保护下，灰色的毛线帽紧紧地裹住了脑门散发的热

直升机吊运"苹果屋"
李娟 摄

直升机吊运雪地摩托车
来源 雪龙门户网

量，尽管如此，作业结束后回到房间时脑袋还是有些疼。手就没有这么好运了，每一次从手套里拿出来就瞬间僵住。工作的时候为了保暖只能时而摘下手套时而再戴上。

而正在进行无人冰站设备的布放的队员就不同了。在这样恶劣的天气环境下，由于对设备的精密程度要求高，队员必须坚持全程徒手安装。无人冰站，全称为"北极海—冰—气无人冰站观测系统"，用于观测北极海冰快速消退背景下北冰洋海冰、上层海洋与大气之间的相互作用关键要素。这是我国自主研发并在北冰洋中央区域布放的第一套全要素长期无人值守设备，也是此次科考冰区作业中的重中之重。

第一眼看到这套设备的时候，我被种类繁多的零部件数量吓坏了，用"酷炫黑科技"这样的词来形容它并不为过，就算在普通实验室环境下，将这套设备安装和调试好也需要近两小时。而在风雪交加的冰面上，每一个动作都是陆地上无法想象的艰难。而从队员们安装时的神态来看，他们似乎顾不上关注这里的环境，打孔、拧螺丝、系扎带，大部分时间跪着，有时趴着。就这样，第一套设备的安装历经了整整一天才结束。

安装布放无人冰站　李娟　摄

背景介绍

　　无人冰站是"十三五"国家重点研发计划研发的设备，由中国极地研究中心承担系统研发工作，自然资源部第一海洋研究所、中国海洋大学、浙江大学、太原理工大学、中国气象科学研究院等多家单位共同参与研制。

　　研发这套系统的初衷，是为了填补我国在北极科考中冬季数据的空白。根据设计，只要布放时的浮冰持续存在，这套设备就能够获取一年的数据，对北冰洋近冰面大气层—积雪—海冰—上层海洋变化与反馈过程等关键参数实现长期无人值守在线观测。

我国首次在北极布放的海—冰—气无人冰站观测系统
李娟　摄

▌Day 31

8月19日 发现异常之物——小冰山

二

UTC 时间：2018/08/19 07:31:00

经度：165° 27′ 2″ W

纬度：84° 14′ 44″ N

航速：3.7节　航向：288.7°

距上海：6362.23km

温度：−0.3℃　湿度：99% 能见度：2.39km

气压：1004hPa 风速：7.66m/s　风向：5.5°

长期冰站的冰裂了，接近"雪龙"号不到100米的距离，出现了一条长长的冰裂缝，这个情况发生在昨天夜里。

　　早晨6点，经考察队研究决定，当天完成长期冰站撤离。出于安全考虑，记者原定的下冰安排也随之全部取消。一部分科考人员上冰确认冰裂缝没有影响到昨天布放的无人观测系统后，决定撤离冰站时将其保留。

科考人员在出现冰裂缝后搭黄河艇前往作业现场
李娟　摄

　　下午14:00，船舶和浮冰站漂移至84°4.34′N、166°56.97′W，在"雪龙"号、直升机组和冰站队的通力协作下，冰上所有后勤物资和人员完成了撤离，至此"九北"科考长期冰站作业结束，共为期3天。

　　虽有一些遗憾，但惊喜也随之而来。当地时间20:00左右，雷瑞波通知我们"雪龙"号前行的左舷方向出现了一座冰山。目测水面以上高度十几米，粗略估算水面以下的部分五六十米深。其实这座冰山个头不大也不算很好看，从驾驶台望去，冰山顶上融化后的冰洞清晰可见，离船最近距离约为几百米。

经介绍，才知道此前北极科考从未在中央航道上看见冰山，"五北"科考时曾遇冰山是因为当年走的是东北航道。这座冰山很有可能是来自格陵兰冰盖，受今年异常的大气环流影响随风漂至此。也就是说，今天见到的这个小小的，甚至有点土土的冰山，是我国北极科考史中首次发现的冰山，实属难得。

长期冰站作业结束后，"雪龙"号又开始了破冰晃悠模式，继续北行！

"小"冰山
倪俊声　摄

背景介绍

受穿极流影响，从格陵兰冰盖流出形成的冰山大多会从弗拉姆海峡或戴维斯海峡向北大西洋漂移，并最终融化，因此中央航道区域很难发现冰山。

然而2018年春季至夏季格陵兰岛北部出现了异常的离岸南风，穿极流减弱甚至出现短暂的反向运动，在格陵兰岛北部出现了大片的冰间湖、冰山和海冰向北漂移，因此今年沿考察船航线，我们多次发现了冰山。

Day 32

8 月 20 日 北纬 84 度以北，融池在增多

UTC 时间：2018/08/20 12:18:00

经度：165° 53' 42" W

纬度：84° 47' 12" N

航速：0.1节　航向：155.7°

距上海：6372.26km

温度：–0.2℃　湿度：99.5%　能见度：17.44km

气压：1016hPa　风速：4.02m/s　风向：287.5°

又一次脚踩在短期作业冰站的冰面上，这一次，我走得格外慢而又小心翼翼。今天的风很小啊，几乎可以用"风和日丽"来形容今天的天气。作业区域边缘的两眼融池在日光的照射下，投射出魅蓝色的光。我站在融池边，久久看着它们，就好像看着寂寥已久的浮冰为迎接远方来客抛出的光芒魅眼。

短期作业冰站经纬度
倪俊声　摄

今天原本是要跟着直升机去看海冰漂移浮标的布放，等待的时候我便在会议室里工作。在冰区工作已经有一段时间了，我根据这里的生活体验策划了"科考人员怎样去上班？""科考作业冰是块什么冰？"和"打个'飞的'放浮标"等几个视频选题，试图从科普、趣味的角度记录并解读科考作业。我在写作中发现自己对部分问题仍有疑问，便在午饭后拉着海冰队袁卓立和我一起改文案。

得知要下短期冰站的时候，已经是下午了。出发前我和摄像师就赶到了大舱盖开始拍摄，先拍黄河艇下冰，再拍吊笼上艇。这个吊笼，其实是码头上用来吊运货物的一个大铁筐，在这里被改造成把队员从母船吊运至冰面的"交通工具"，很方便但也很刺激。

眼看着一波吊笼即将出发，我赶快跑过去凑齐人数一起走。吊笼刚落到艇面，摄像师在船边给了个手势，说吊笼下降太快了镜头没跟上，让我跟着吊笼回船再拍一遍。啊？下去是6个人，回来只有我1人。这是"滴滴专笼"吗？这个"专笼"的感受可真不好！吊运中的铁笼随风摇摆，许多人站在一起尚有心理安慰，一个人站在里面空空荡荡，一点儿也不敢向下看。第二遍，水手长许浩特地指挥吊臂放慢速度，慢到在空中几乎要悬停，站在里面更恐惧。我被悬停在半空中哭笑不得，他说争取这次拍成了就别再回来了。

下艇后没多久，突然一阵骚动，就在我们下艇的"水塘"里，出现了一只海豹，一只探头探脑呆萌无比的海豹。这只海豹离我们很近，近到仅凭手机就可以拍摄得很清晰，它在水中游荡了一会儿之后消失了。这是此次科考冰站作业中第二次看见海豹。

经过三个多小时的作业，今天在冰面上布放了1个自动气象站、两个温度链浮标、观测海冰和融池反照率的测点各1个，获取了32根冰芯、冰下4层的海水样品，以及1个点的融池水样品，获得50L的积雪样品。

值得一提的是，在这个冰站的冰芯底部，发现了冰藻的身影。

在冰面布放的自动气象站
李娟 摄

背景介绍

　　融池，由表层积雪融化形成，是北极夏季海冰表面特有的现象。融池的出现会降低浮冰整体强度，加剧海冰破碎。

　　在本次科考冰站作业的观测中，发现北纬84度以北地区融池覆盖面积有增加趋势。同时融池的反照率大大低于冰雪的反照率，能增加海冰对太阳短波辐射的吸收，从而影响海冰的能量和热量平衡，甚至进一步影响海洋混合层结构、冰内及冰下生物活动，以及冰底海洋热通量。

　　本次科考还在多个冰站的冰底发现了藻华现象和大量藻类聚集体，直观地验证了冰下藻华在北冰洋中心区的发生并非偶然。这与融池的出现相互关联。

冰面融池
李娟　摄

北极"睡脸瀑"——北极冰上真实冰采 伯乐弦 摄

▌Day 33

8 月 21 日（上） 给海冰定位：狂奔着布放漂移浮标

UTC 时间：2018/08/21 04:32:30

经度：167° 56′ 6″ W

纬度：84° 43′ 46″ N

航速：0.3节 航向：96.9°

距上海：6350.57km

早晨被一阵敲门声惊醒，隔壁屋宋晓姜站在门口大喊："李娟，快起床吃早饭，要去飞直升机啦！"啊！飞飞机！听到消息的瞬间我就弹了起来，迅速奔去二层餐厅。还好，我去的时候雷瑞波正在盛粥。他扫了一眼我的表情悠悠地说："第二个架次飞。"哦，还好，还有准备的时间。

饭后，我和路涛早早赶到直升机甲板上等待。旋翼的旋转带来巨大的风，第一个架次刚返回落下，机务人员就急忙协助我们上去。

　　5公里、10公里、15公里、20公里、25公里，随着直升机的一次次起降，我们离船越来越远。直升机上噪音很大，彼此无法沟通，气氛有点尴尬。申铖早就告诉过我，每到达一个预定地点，雷瑞波就会带着杨望笑和浮标设备立刻狂奔下去，不用走的，全程奔跑。果不其然，舱门一开，他俩就跳了下去，我把手机拍摄功能全程打开，和路涛一起在后面连滚带爬地跟着。耳旁是直升机旋翼的轰鸣声，巨大的风将表层雪扰动起来呼呼乱飞。我从手机画面里望去，雷瑞波和杨望笑在冰面上挖雪坑放浮标基本全程使用跪姿，在一旁拍照的路涛也跪着。布放完后，立刻起身，再次奔跑。

海冰漂移浮标布放
路涛　摄

　　奔跑中，我问杨望笑，干嘛跑这么快啊，他说因为要赶时间啊。赶时间？的确，这个架次5个海冰漂移浮标安装布放及航行时间总计仅花了1小时5分钟。我们坐着的直升机就好像一只活蹦乱跳的青蛙，在无垠的冰面上起落跳跃。

海冰漂移浮标布放现场
路涛　摄

　　布放的最后，雷瑞波突然掏出一面队旗丢给路涛。我这才意识到，截至此刻，本航次的16个海冰漂移浮标在北冰洋中心区全部布放完成，这是一个值得留念的瞬间。可风很调皮，在它的作用下，队旗前后左右四面摇摆各种扭曲，我和路涛把身边所有有重量的东西都压了上去也无法控制，慌乱中，机组人员跑来帮忙，连带着刚刚布放完成的海冰漂移浮标，大家伙拍下一张合影。

回航时分，直升机绕着"雪龙"号微微盘旋了一下，从天上看到的红色母船漂浮的这片白底蓝点的冰原，就是我们的家园。

海冰漂移浮标布放完成后合影
（从左往右依次为：李娟、杨望笑、雷瑞波、路涛）

背景介绍

　　海冰漂移浮标，是指布放在浮冰上通过其集成的 GPS 接收器记录海冰漂移轨迹的浮标。形象地说，就好像是给海冰戴上一个位置信息记录仪，通过铱星数据传输系统将信息实时发回到国内，这个记录仪会伴随着浮冰运动直到其完全消融。本次布放的海冰漂移浮标以5公里为间隔，在特定区域组网构成冰基浮标阵列，覆盖北冰洋中心区4002多平方千米。按照研究规划，它们不但可以记录海冰的运动，还可以根据浮标阵列相互位置的变化分析冰场的形变。

　　冰场形变，是当前国际海冰学界普遍关注的科学问题。近年来北极海冰正在减少，冰场动力学形变有加剧趋势。研究发现冰场的辐散形变会引发冰间水道形成，夏季促进海冰融化，冬季加强海—气热力交换。冰场的辐聚形变则会导致冰脊形成，使得海冰厚度在空间上的重新分布。我国通过布放这些海冰漂浮浮标获得冰场形变的观测数据，可用于解释北极海冰减少的动力机制，以及提高对海冰未来变化的预测能力。

　　值得一提的是，本航次布放的浮标均由国内研发集成，不但有效地降低了成本，还可根据具体科学问题自主设计增加传感器。

▌**Day 33**

8月21日（下）放弃穿越北极点

　　晚饭后去驾驶台眺望，"雪龙"号在这个纬度已经连续破冰两天，难以向前。看着它乏力向前的样子，我内心暗暗觉得，也许此行最北就是这里了。果不其然，回屋没过多久，广播通知雷瑞波去驾驶台。

　　船时19:00，驾驶台上人头攒动，所有队领导都到了，经过集体决策，因冰情严重，本次北极科考不再北行，选择在这里作为最北端进行一次短期冰站作业，然后返航。还将利用这次机会，安排全队人员明天上午集体下冰大合影。这就意味着，"九北"科考尝试"穿越北极点"一事，就此作罢。

　　19:30，开始吊装作业设备。20:00左右，冰站作业人员按顺序下冰，作业结束时间以第二套无人冰站布放完成为准。经过申请，媒体记者将在船时23:00左右全体下冰拍摄无人冰站布放情况。今晚，将是一个不眠的极昼之"夜"！

在驾驶台拍摄的航行最北点。　李娟　摄

背景介绍

　　根据卫星遥感数据，从8月初至8月底，第九次北极考察扇区（150°W—175°W）83°N以北的区域海冰密集度几乎没有太多变化。在考察区域（150°W—175°W，75°N—85°N）范围内，截至2018年9月1日，海冰覆盖面积在2007—2018年这段时间里为历史第三大。

　　2018年夏季北冰洋海冰减少最明显的区域是大西洋扇区，而不是"九北"考察区域。在83°N以北，沿航线，海冰密集度都在90%以上，没有明显水道可以通往北极点，考察船多次面临需要来回破冰才能前行的情况。这样的冰情对于不是严格意义上的破冰船"雪龙"号来说，前往北极点几乎是不可能完成的任务。这些因素都促使科考队果断地放弃冲击北极点。

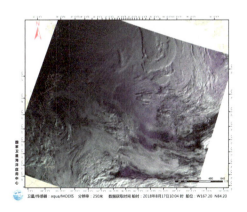

北纬84°2′遥感云图
陈日山　提供

■ **Day 34**

8月22日 告别"最北端"

二

UTC 时间：*2018/08/22 22:21:00*

经度：*162° 23′ 55″ W*

纬度：*84° 35′ 10″ N*

距上海：*6402.58km*

温度：*−0.5℃* 湿度：*95.8%*

船上的舷梯放了下去，这是出港后第一次放下舷梯。有了舷梯，所有人就可以快速离船下冰。今天，"九北"科考队将在此行最北端的短期作业冰站进行集体合影留念。

只睡了四个多小时，头疼没有散去，依然在想昨天半夜下冰的场景。昨晚23：30左右，媒体一行四人集体下冰去看无人冰站布放现场。风可真冷啊，哎，我只能感慨这套海—冰—气无人冰站观测系统总能招来"狂风怪"。冰面上大部分人员已作业完毕回船，只剩无人冰站小组6人在工作，也许再过一个多小时，这套有200多个组件的设备就能拼装完。

　　冰面上的国旗和队旗，在"雪龙"号的映衬下，显得格外庄严。想到这里明天就会站满排队拍照的人，我们抓着这个难得的机会拍了几张单独的照片。

"无人冰站"布放成功后合影
（从左往右依次为：曹晓卫、杨望笑、王杭州、雷瑞波、袁卓立、江天乐）
申铖　摄

　　冰面的工作已近尾声，驾驶台上围满了瞭望的人。工作不结束，防熊压力随时都在，只是今晚，我想他们也许想多看看最北端。北极的夏天不会天黑啊，半夜时分抬头看着驾驶台上的灯光恍惚产生了"灯火通明"的感受。这一夜的值守，让我见证了在北极的风雪中布放第二套无人冰站的艰难过程。直到一年之后，这套设备依然在源源不断地发回数据。

22日上午9:10广播响，通知所有队员穿红色上衣黑色防风裤去冰站拍照。好吧，这个时刻终于来了，申铖担负着给全队拍大合影的任务第一个冲了下去。简单集结整队后，10点左右大合影开始。合影中，我把一个小小的白色北极熊手偶举在身边，这是出发前跟仔仔的约定，说好将带有手偶的合照带回去给他看。

出于安全考虑，合影后的自由活动时间仅有短暂的15分钟。队员们三三两两地开始合影，"雪龙"号党支部则在政委的带领下开展了一场"不忘初心"的入党宣誓活动。红衣白雪，冰面上的誓词铿锵有力，激荡回响。

"九北"队员集体下冰拍摄大合影
由德方　摄

　　午饭后，无人冰站小组下冰进行最后一次数据测试。借着这个机会，队领导特地和记者们拍了一张合影。结束时刻，领队朱建钢目视远处冰原大喊一声："再见了！"是啊，再见了，最北点！今日一别，也许我们当中的部分人今后还会到这里冲击极点，而"九北"科考之路就此南返！

　　临别时分，我忍不住向着远方挥手惜别。再见了，此行的最北端；再见了，无人冰站。离开之后，这里终将恢复寂静。一夏夜的狂欢，烟消云散。

　　船时12:00，一声汽笛长鸣刺破北极上空，船长广播："雪龙从高纬南下，动船。"

化学与生物组采集融池水
孙翔宇　摄

"九北"最北点："无人冰站"采访现场

倪俊声　摄

CROSSING 84°N

第五部分
万万没想到，熊来了

▌Day 36

8 月 24 日 冰面险遇北极熊

UTC 时间：2018/08/24 10:50:30

经度：157° 47′ 39″ W

纬度：84° 29′ 13″ N

距上海：6449.21km

温度：−0.5℃   湿度：98.7%

万万没想到，熊来了，而且是在下冰作业时来了！

今天白天原本无事，自打开始返航后，"雪龙"号就一直走得不太顺利，找不到合适的水路南下，一直在北纬84度多的十成冰区内徘徊，两天了，只走下来10分的距离，有时甚至因为绕行还得稍微向北行驶一点。

午饭时，领队轻轻说了一句："找不到回家的路了。"嗯，卡住了。这是我们此时的真实状况。昨天接到《晚间新闻》栏目组之约，希望在现场以"北极海冰变化"

为主题做体验式报道，我按照要求准备等着下一次冰站作业时上冰采访。

下午队里开始组织拍摄画册里的队员照片，申铖要给队里每一个人拍一张大头照，回航的工作这就开始了。

晚饭时分，还是没有动静，估摸着今天应该不会下冰，我们也就去吃饭了。18:00左右，一阵骚动，通知立刻下冰作业。得，晕，又是一阵狂奔！还好，我们跑得挺快。18:30左右，大部分队员已经搭乘吊笼到达作业冰面。摄像师却迟迟没有下来，而我想拍的作业内容已经开始了，站在船边等待的时候有点焦虑。

突然间，冰面上有点慌乱，发生了什么？身边的队员正好都没有对讲机，大家抬起头互相看着不知道发生了什么，只是模糊听见远方在说"有熊"。直到最远端的海冰队开始向我们所处的母船方向奔跑，我才将信将疑"熊来了"，并开始狂奔……

母船上的吊臂已经迅速把吊笼放下准备收人回船，正在驾驶台瞭望的队领导通过对讲告知了北极熊大概的方向，是三只北极熊，一大两小。大家一边朝吊笼跑又都忍不住回头看，都想努力找到熊到底在哪，就算到了吊笼边也没人上去，都在回头张望。直到雷瑞波冲过来黑着脸大喊："不要命啦！"大家这才醒过神来赶紧依次上吊笼，过程中雷瑞波又喊了一声："女的先上！"

我和其他几个下冰的女队员一起，搭乘第一波吊笼回来了。闻讯出来的队员已经挤满了二层甲板，还有很多带着摄影器材出来拍照的。他们在镜头里正式确认了熊的方向。原来刚才北极熊一家离我们所在的作业点最外端仅有不到两公里，目前依旧在相近位置张望徘徊。

三只熊
欧阳张弦 摄

5分39秒之后，所有冰面作业人员返回了大船，仪器和设备暂时遗留在冰面。这期间北极熊并未继续靠近，只是谨慎沿着与"雪龙"号平行的方向向船尾走去。从它们的状态来看，它们似乎也被这冰天雪地里的庞然大物吓坏了，既好奇又不太敢靠近。

驾驶台内一片焦灼。设备和仪器还在冰面上，什么时候回收？是驱熊还是不驱熊？这些问题都需要队领导在短时间内做出决定，领导们的心情很不好，不停商讨回收方案。大约过了半小时以后，熊妈妈带着两个孩子从船尾方向又回来了，经过一段时间的观察，它们好像更放心大胆些了，这次直直走向了我们刚刚遗留在冰面上的作业工具。

"呜——"汽笛声响，是船长按响了汽笛。听到这么大的声音，熊妈妈瞬间跳起来护着两个孩子调头就跑。我们问船长，为何此时拉汽笛，他说如果再不拉就可能会使设备受损。哎，船长的应急判断是有道理的。我们拉设备的雪橇是棕黑色的，跟海豹外表的颜色很像，也许北极熊把作业雪橇当成了海豹？驾驶台依然一片焦灼。

22:00左右，首席魏泽勋带着大部分冰面作业人员从舷梯下冰进行设备回收。与此同时天上直升机起飞驱熊，绕母船飞行配合冰面人员撤离。几分钟后，人与物全部安全回船。这一场与熊的意外邂逅结束了，有一点漫长，也有一点意外。

大部分人都回去休息了，我带着相机走到二层船舷边想去记录最后时刻，才发现二副刘少甲已经一个人站了许久。他告诉我今天"雪龙"号是在他值班驾驶的过程中遇到冰被卡住，才临时决定进行冰站作业的。如果万一真发生了什么，他的心里会不好受，因为是他把船开到这的。如今总算看到一切平安结束，他就悄悄来这看看。

受惊吓后站起直立眺望的"熊妈妈"
欧阳张弦　摄

　　少甲的眼中含笑带泪，对着远方的冰面，他露出单纯而又轻松的笑容。多么善良的人啊，把一场意外的原因归结到自己身上。既是意外，又与他何干？总算有惊无险，一切都过去了，没事了。

"险遇" ①
中国第九次科学考察队　摄

"险遇"②

"险遇"③
中国第九次科学考察队 摄

背景介绍

在2018年的北极科考途中，分别在北纬76° 23′、82° 36′以及84° 28′附近三次发现正在觅食的北极熊。其中两次都是一大两小，共计7熊次。这个数字刷新了近十年来我国北极科考中的北极熊发现记录。专家分析北极熊出现频次增多可能是近几年夏季北极海冰减少，边缘区不断退缩，导致北极熊觅食范围向北扩展。

🔖 Day 37

8 月 25 日 10 个冰站，收官！

UTC 时间：2018/08/25 07:26:30

经度：156° 3′ 14″ W

纬度：84° 23′ 25″ N

航速：8.2节　航向：294.7°

温度：–0.7℃　湿度：99.2%

最后一次冰站作业，我从一出发，就对眼前的一切看得格外仔细。从吊笼下降开始，我拿着手机拍摄，镜头里队友的神情有一丝轻松，也有一丝留恋。如果在意，那么今天所发生的一切，都会是在这次的航行中难忘的瞬间。

从采雪样、量雪厚到采水样、钻取冰芯，冰上的工作看了多遍，这一次看来，又好像从未看过。每一步骤，我都想深深印在眼底，刻在心里。我的任务，是把昨天因熊改期的选题内容拍完。从融池边到采样现场，我按预定内容一个接一个地采访。到最后，已有部分作业点完成工作，大家开始自由合影，欢乐也是今天的主基调。

钻冰花
路涛 摄

站在海冰队最后一次布放温度链自动观测站的现场，我问雷瑞波："今天的工作怎么结束得这么快啊？不是说好冰站作业8小时吗？"雷瑞波答："8小时，对啊，这才开始嘛。"呵呵，幽默的回答并不是现实，表达的只是此刻的心情。8小时冰站作业，是我们在第一个短期冰站作业时遇到的窘况，自那以后，队上调整了作业方案，以安全为前提，每次作业时间尽量控制在4小时以内。

直到今天，已经是第9个短期冰站了，虽说大家内心希望能在冰上多停留一会儿,但冰途漫漫,终有一别。工作结束后,大家一起自发拍了一张冰面作业大合影,就乘艇回船了。

截至今天,本次科考共完成9次短期冰站作业和1次长期冰站作业。晚上队里举行了隆重的加餐,庆祝冰站作业顺利结束。所谓隆重,是指将平时的自助取餐改为了桌餐。桌餐需要大量的盘子,从今天早上开始后厨的师傅们和帮厨的队友就已经开始洗盘子了。这是我们出发后,第一次在盘子里夹菜吃饭。橙子已经开始大量腐烂了,晚饭后连剥了好几个才找到一个略好些的。

背景介绍

冰站作业，是北冰洋考察区别于其他大洋考察的主要工作。

本航次共开展了9次短期冰站作业和1次长期冰站作业，长期冰站作业为期3天。完成了冰雪样品采集、冰浮标布放和冰面光学观测等作业。

Day 38

8 月 26 日 寻找回程路, 39 次拉锯破冰南下

UTC 时间 : 2018/08/26 21:12:30

经度 : 160° 1′ 57″ W

纬度 : 83° 8′ 56″ N

航速 : 7.6节   航向 : 178.7°

距上海 : 6404.91km

温度 : −1.5℃   湿度 : 97.5%

航行依旧非常艰难!

昨晚的《船长命令簿》上写着:"(84° 23′ N、155° 50′ W)'雪龙'号今天完成最后一个冰站作业任务后,根据最新的冰图资料,主要航行方向以西南方向为主,在到达158° W 之前,有机会选择西向航行,浮冰区特别是大块浮冰接触处需谨慎航行,避免被卡,如有困难,请叫船长!"

艰难的航行
由德方　摄

什么是航行困难？

从北纬84°30′到北纬84°这一段30海里的距离，以"雪龙"
号正常航速两小时可走完的航程，最终花了4天。驾驶台上的紧张，
起初并未被察觉。我房内的窗户正对船头方向，偶尔临窗望去，感
到有些困惑。明明该是在南下的途中了，可眼前所见总是十成冰区，
少见水道，且冰区有越走越密趋势。"雪龙"号的破冰轨迹看起来更
多像是在原地打晃。每隔半天上驾驶台打望一次，发现仪表上北纬
84度的字样始终没有变化，而船明明在动。那这几天，我们都去哪
了呢？

在后来的采访中，沈权船长才告诉我，那几天是航行最困难的
几天。冰图显示我们最后作业的地区是一个海冰堆积区，无法直接

南下。于是选择绕道而行,一路向西南行驶。起初以为向西南也是南,可一路大雾能见度不好,西南向最终变成一路西行,从西经167°跑到了西经156°,跨越10个经度,纬度却无变化。

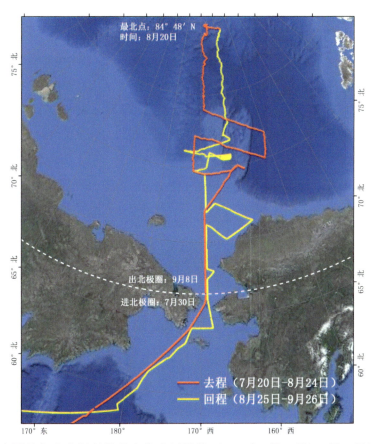

中国第九次北极科学考察作业区航线(2018年7月20日—9月26日)

　　十成冰区的航行困难，从航行轨迹如鳄鱼牙般的锯齿线条里可见一斑。"雪龙"号在一块块大冰的接缝中小心前行，唯恐一个不谨慎被冰脊卡住受困。光这样还不够，为防止受风流影响船被冰挤住，船在破冰中需要时刻保持一个半到两个船身的宽度距离。而这个操作，除驾驶台需重复进行冲撞后退的动作外，轮机部也需不停地手动操作进行配合，预留后退空间。就这样，历经了12个小时的反复，形成39次拉锯线路，最终在一次短时间的良好天气状态中，"雪龙"号找到南下的路。离开北纬84度后，我们就算真正地南返了。

　　今天下午，队内召开"九北"画册及纪录片的准备会议，我向主要领导介绍了汇报片的筹备和设想。就这样，后半航程的工作毫无间歇地开始了。

背景介绍

　　冰脊是浮冰在风流作用下运动不一致发生碰触后形成的挤压冰,冰脊表面隆起,底部凸出,冰厚一般达到3米以上,最大冰厚可以达到10多米。冰脊一般呈现线性分布,表面风化后,隆起的冰脊帆高可能看不大清楚,这时若船舶航行至其顶部,而周边又没有回旋余地的话,船舶很容易被卡住,卡住后船舶需要通过调整压载水和货物等方式来获得自由活动的空间,退出被困冰脊。

Day 39

8 月 27 日 想家了

二

UTC 时间：2018/08/27 04:26:00

经度：160° 44′ 51″ W

纬度：82° 37′ 27″ N

航速：6.4节　航向：241.9°

温度：−0.4℃　湿度：99.6%

距上海：6387.31km

　　今天的主题是想家。这是我离港后第一次强烈地想家，触点是在今天上午领队以"初心"为题给党员上的集体党课。党课 PPT 打开的刹那，页面上出现了一张天安门的图片。

　　天安门，那是北京的象征了，内心不禁一颤，离家甚久，记忆中北京的样子日渐模糊，直到这张图片出现，才猛然想起来时的路。从北京到上海，再到此时的冰区，离家39天，航行数千海里。

　　要问来时的初心，无非是对未知的好奇。这份好奇，随着在北极的时光渐久与日俱增。我能见到的，只是一小部分科学考察作业现场，北极的奥秘仍然不可估计。这大概和人生属于同一命题。人走一世，所见所思皆由己而起，见不到的地方自然也就不知未知在哪里。

　　下午的"北极大学"上，雷瑞波以"北极穿极流区域的海冰"为题对海冰运动学、海冰热力学的研究过程进行了介绍。在冰区待了这么久，虽对冰有了初步接触，听完他对海冰的介绍却更加云里雾里。我不禁联想起美国作家巴里·洛佩兹在《北极梦》一书中对海冰的描述："地球上很少有这样一种物质，既如此温顺，又出乎意料的复杂，它的顺从是一种假象。"有时我们会聚在一起比较同时拍下的同一块冰的照片，惊奇地发现在不同人的镜头里，冰的颜色、形状都不太一样。这大概就是海冰。

　　党课结束后路过6楼气象观测室，同样来自北京的宋晓姜突然喊住我，问我手机里是否存有北京的街景照片，她想看看。嗯，都想家了。

"诺亚方舟"
袁卓立 摄

背景介绍

北冰洋存在波弗特环流和穿极流两个表面流系，这是影响海冰分布的主要海洋动力。穿极流由于经过极点区域而得名，北冰洋的海冰会随穿极流向北大西洋输出，输出强度会影响北冰洋海冰的物质平衡，从而影响海冰快速变化。

CROSSING　84°N

第六部分
终有一别

▌Day 41

8月29日 听船长讲"雪龙2"号的故事

UTC 时间：2018/08/29 04:32:00

经度：161° 7′ 5″ W

纬度：79° 0′ 10″ N

航速：0.5节　　航向：103.8°

距上海：6332.14km

温度：-1.6℃　　湿度：97.7%

二

今天的"北极大学"，是听"雪龙"号船长沈权介绍我国新建极地科学考察破冰船（后被称为"雪龙2"号）的情况。这个话题吸引了很多人前来参加今天的"北极大学"。

目前"雪龙2"号正在江南造船厂分段安装，沈船长在"九北"出发前刚刚去过。看着一张张图片演示，我国新一代极地破冰船的雏形跃然眼前。更强的极地破冰能力、更多的公共区域、更大的甲板作业面积，新一代极地科考破冰船的样子与我们此刻所处的"雪龙"号有些类似，又很不相同。

要说像，从外观的颜色到实验室功能分区，再到健身房、阅览室、会议室，都有"雪龙"号的影子。而要说不像，则是由于有了多年的实地科考经验，"雪龙"号的先天不足或者说多年积累的野外作业痛点在新船设计时已有所考虑。比如新增动力定位系统和月池车间，是为了解决甲板作业时船舶精准定位的问题及海冰密集区取样困难的问题。

看着眼前的新船效果视频，大家的心里有一点艳羡，也有一些憧憬。当新船下水启用后，也许我们所在的"雪龙"号就将结束其北上科考的使命，恢复其原本运输船的定位，在南极科考中发挥更多的作用。

而我们，很有可能是"雪龙"号最后一次远航北极的最后一批"船客"了。

"雪龙 2" 号

背景介绍

2019年7月11日，"雪龙2"号已在上海正式交付中国极地研究中心使用，2019年10月22日至2020年4月23日和"雪龙"号一起执行中国第36次南极科考任务。从此，极地科考可以"双龙"探极。

在具体的设计上，"雪龙2"号实现了船艏、船艉双向破冰，可以原地360度掉头，艉向航行。在破冰方面，"雪龙2"号能以2节至3节的航速在两级水域混有陈冰的次年海冰中连续航行作业，破冰能力不低于1.5米（加0.2米的雪）。艏向航行时具有冲撞破冰的能力，艉向航行时能确保在当年冰冰脊中不被卡住，能够独立运行。

它拥有DP-2动力定位系统，海上作业时可以把船固定在需要的位置上，抵御风浪和暗流的压力。另外，从智能船体到智能机舱、智能实验室，"雪龙2"号为全船设备配备了传感器，实现全船信息的全方位智能感知和获取。如果船体被冰刮过，每一个刮过的地方都可以留存数据，长期保存数据可以分析船身哪里磨损严重需要更换，以此保证船的安全性。

"雪龙"号来自乌克兰赫尔松船厂，自1993年中国将其购入以来，已服务于南北极科考25年（截至2018年）。"雪龙2"号，从2008年开始启动新建项目编写工作，2011年国家发改委正式批复立项。历经多年的设计建造之后，2018年9月10日，"雪龙2"号在上海正式下水。"雪龙2"号长122.5米，宽22.32米，吃水7.85米，排水量约13996吨，航速12节至15节，续航力2万海里，自持力60天，载员数90人。

Day 43

8月31日 极光之美——冰区告别晚霞

UTC 时间：2018/08/31 06:45:00

经度：173° 56′ 22″ W

纬度：76° 6′ 52″ N

航速：9.6节　航向：134.5°

距上海：5967.95km

温度：-1.6℃　湿度：98.5%

　　窗外雪花在飞，这个雪跟北京的雪有一点点像了。一片一片，打在舱室玻璃上。这两天，船时的夜晚开始渐渐发黑，就快离开极昼区了。

　　上午10:00左右，船上的移动基站开了，又回到海事卫星网络覆盖区，手机有了2G信号。

　　23天，在冰区整整23天，无网络、无信号，手机当闹钟使，失联了。如今，信号逐渐恢复，可以打电话和发送短信了，可打开手机的心似乎不那么积极！

　　领队特地来到五楼会议室，通知记者说船上有网络信号了。通知完，大家一起摇了摇头，说不想有信号了。领导听完，笑了，说自己也不想有。

　　有了手机信号，不同人有不同的心思。至少此时看来，大多数人好像并没有因为通信恢复了而太高兴，对信号至少不像出发时手机信号时有时无那几天一般迫切渴求。

　　静静地，也许在等，也许在适应，等着逐步恢复和适应陆地生活。信息社会的便捷和弊病同时出现。船上的部分区域可以接收信息，慢一点而已。我把手机拿出来，放到六楼气象室，让它慢慢接收信息。一下午，收到8条短信。卖房的、银行推销的、汽车违章的，只是一

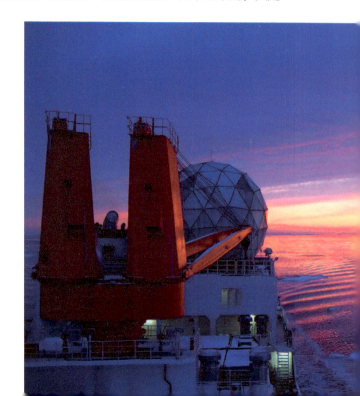

些通知信息而已。

18:00，又下雪了，这两天甲板上的冰雪有点重，走起路来容易滑倒。好几个人出门的时候摔了，还好并无损伤。队务会后广播通知："近期天气情况恶劣，雪大路滑，请全体队员如无必要情况，尽量不要走出舱室。后甲板工作人员、释放探空气球工作人员、机组人员到作业面，必须戴安全帽，穿防滑鞋，走内走道，舱外行走扶好栏杆。上下楼梯，紧握扶手，请大家务必注意安全。"

21:00左右，听到说外面有晚霞。晚霞？那是傍晚黄昏才有的景象啊。在极昼里生活这些天，已经淡忘了对夜晚的记忆。我匆忙跑出舱室，刚刚打扫完的甲板又是一层厚厚的积雪，我摸索着走到栏杆边，好滑。

"入梦"
陈之依　摄

晚霞的红，映照在一块一块的浮冰上，红的颜色也呈现多种变化，紫红、粉红、深红，红与红自然拼搭，呈现出温柔美好的自然色彩。在光线的映射下，浮冰似有似无，安静无言。看着看着，眼前的冰海，更像是一块块阡陌纵横的冰田，田与田之间自然切割，边界的样子有时平整有时弯曲。如果不是太冷，也许并不觉得此时仍在极区，倒是像极了在故乡南方的水田。

一阵风来，水面泛起的涟漪一圈一圈荡去。大家摆出各种造型拍晚霞。为防止滑倒，我索性坐在了甲板上，手越来越冷。可总不想太快告别。看一秒，就有多一秒的留恋。此时的霞光，让人心生温暖从而感激。感激我们平安无恙在冰区走了一圈，感激我们虽历经艰难却终有收获。此行遗憾之一是未能看到极光，而今天的晚霞来自渐行渐远的正北方，那片神秘的地方，是否也在和我们告别？

上驾驶台的步梯灯亮了，好奇怪。船长上来，问谁在驾驶台，我说是我，正在看最后的晚霞，像是一场告别仪式。

船长说："终有一别，终有一别啊……"

"田娟" 摄

背景介绍

冰田，其实是在北冰洋地区常见的流冰，上面常常覆盖着万年雪。所谓万年雪，并不真正是一万年不化的意思。在这里，常年不化便称万年。寒冷地区数年不融化的冰被称作"万年冰"。

极光，是南北极高纬度地区高层大气中的发光现象，极光容易在天气良好时出现。产生极光的原因是来自大气外的高能粒子（电子和质子）撞击高层大气中的原子而产生的。最经常出现极光的地方，是南北纬70度附近。长期以来，极光的成因机理未能得到合理全面的科学解释，尚在研究之中。而如果太阳活动正盛，极光有时会延伸到中纬度地带。一份研究显示，在北半球偏南地区出现极光的主色调是深红色，比如我国漠河的北极村出现的极光。

Day 45
9月2日 不可避免的"出海综合征"

UTC 时间：2018/09/02 01:35:00

经度：163° 9′ 2″ W

纬度：75° 31′ 2″ N

航速：12.6节　航向：89.1°

距上海：6243.24km

温度：–1.4℃　湿度：93.4%

　　回到北纬75度附近，无冰区，航行变得顺利，可是也好像少了很多憧憬和期待。连续大雾，云层中鲜少透出光亮，海上始终都是灰蒙的一片。也不知是天气的因素还是什么原因，这两天表情忧郁的人看起来比较多。中午在食堂吃饭的时候，看见一名队友两眼直直地走到座位上，一言不发吃完东西又直直地回去了。

　　彼此聊天的话题也少了。不光是少，人们还很烦躁易怒想发火。出海这么多天，很疲惫。这种情绪大概在提醒我们该调整休息了。之前一路北上的亢奋劲已经过去，而回家的路还很长，待完成的工作还很多，更重要的是海上漂着漂着还是很晃……

整整一天了，陷在睡不着醒不来的头疼状态里。开电脑头疼、关电脑头疼，坐着头疼、躺着头疼，最后才想起来已经憋在舱室里一整天忘了出去透气了，而明明从舱室走到甲板上只有短短十几米。

今天又轮到我去帮厨，筐里的大葱已经烂到五分之三都得被掐出去。一边掐葱一边和大厨聊天，盘一盘这一路都发生了哪些事情。回航了，日程依然排得很密。这两天，队里正拼命奔着下一个天气窗口期往 OBS（海底地震仪）回收点赶，后甲板也连续进行了好几天的地球物理测线工作，一边走航队里一边拼命组织各类活动，北极大学、包饺子、投篮比赛，竭尽所能调动大伙的参与积极性。可大家都在疲倦的状态里，人群里有一股静静的"忧郁"在蔓延……

就这样憋到晚上，晓姜过来了，找我说"出海综合征"来了。出海综合征，大概意思是人在封闭环境里的忍耐值已到了一个临界点，久久不能上岸导致的懈怠困倦甚至烦躁等情绪全部都来了。也许她说的有道理。

不过再坚持下去，等快到陆地回家的时候，又好了。

持续不停的甲板作业

中国第九次北冰洋科学考察队 摄

Day 46

9 月 3 日 专访极地先锋——雷瑞波

UTC 时间：2018/09/03 05:02:30

经度：168° 21′ 28″ W

纬度：75° 8′ 38″ N

距上海：6092.06km

温度：-0.2℃　湿度：99.1%

二

1次南极越冬，6次北极考察，尽管只是一名80后，雷瑞波已经两次担任北极科考首席科学家助理，在极地海冰物理学研究方面独树一帜、硕果累累，成为极地野外现场作业的"老人"。初来乍到的年轻人，喜欢戏称他为"冰原教父"。我今天的工作，便是和路涛一起去专访雷瑞波。

采访前，我整理了一下在冰区的记忆。由于担负冰站作业队长的职责，每一次冰站作业前选冰探冰的都是

雷瑞波

雷瑞波。每到达一个新的冰面，第一个跳下去的总是雷瑞波，等到他手里探路的竹竿停下来，大家才开始卸货工作。冰面遇熊第一个大吼的也是雷瑞波。事后想来也就是那一句大声呵斥让大家醒过神了，纷纷开始回撤。

两个月的同船工作，雷瑞波的话并不太多，常常一顿饭下来，只记得他蹦出一两个字，便很快消失。所以要对他进行采访，记者们都很焦虑。

今天外面飘着大雪，采访从早晨八点一直到中午食堂开饭。雷瑞波是在"弘扬爱国奋斗精神，建功立业新时代"主题活动中，中国极地研究中心向外力推的典型之一。直到目前，国内长期开展极地海冰研究的团队仅10个左右，全部人才加起来也只有区区几十人。

就算在国际范围内，从事海冰物理学研究的专业学者也不足百人。这是一个起步晚、小众冷门的科研领域。更何况海冰研究，现场考察是重要的组成部分，每到达一次现场便承担一次风险。在我看来，这份工作很独特，结缘不易；工作的同时又常伴随着一般人难以理解的寂寞和难度，坚守也不易。

自2006年参与南极越冬开始，雷瑞波就和"冰"结下了不解之缘。2007年他第一次从南极归国时就带回一份东南极地区的完整冰周期观测数据，也是中国在该地区首次获取的定量连续的海冰观测数据。随后若干年，雷瑞波在国际期刊发表论文30多篇，先后4次获得中国极地优秀论文自然科学类奖项，获得省部级科技奖两项，获得国家优秀青年科学基金资助，被破格提拔为中国极地研究中心最年轻的研究员。

雷瑞波（右一）

　　雷瑞波说，在极地海冰观测与研究领域，我国与国际领先团队相比最大的困难是没有现成可用的观测设备，设备常常需要从国外购买。核心调查设备的技术封锁使得我国在这一领域受制于人。为此，他带领团队和太原理工大学等科研机构合作，开发出温度链浮标、物质平衡浮标等调查设备，在北极考察中广泛应用。从技术上完全依赖国外，到无人值守观测设备的自主研发，以及国内集成自动化观测设备的成功应用，未来我国在北极海冰观测领域持续获得的现场数据将支撑我国在这一研究领域取得突破。

　　随着我国连年开展南北极科考，研究数据的积累增多，以雷瑞波为代表的参与世界性研究课题的新一代极地研究者也逐渐多了起来。参与"九北"科考的研究者也与国际北极漂流冰站计划（MOSAiC）展开合作。过去，外国科学家参与我国的南北极科考研究是惯例，而从国际北极漂流冰站计划开始，中国人开始主动参与国际性的大型极地考察计划，在世界课题中提出中国方案，发出中国声音。

背景介绍

雷瑞波，中国极地研究中心研究员。

1981年11月出生于广东清远，毕业于河海大学港口航道及海岸工程专业，大连理工大学港口海岸和近海工程专业博士。2009年至今，在中国极地研究中心从事极地海冰物理学研究和海冰观测技术装备研发工作。2017年获得国家优秀青年科学基金资助，成为中国极地研究中心最年轻的研究员。

截至目前，雷瑞波共参加1次南极越冬考察，6次北冰洋考察、1次黄河站冬季考察和1次环波罗的海湖冰观测，并担任MOSAiC中方协调人和中国海洋学会海洋观测技术分会第四届委员会委员等职。

国际北极漂流冰站计划是2015年以德国阿尔弗雷德·韦格纳极地与海洋研究所（AWI）人员为首的科学家动议的一个规模庞大的项目。依托德国的"极星"号破冰船，对北极地区大气物理、大气化学、海冰、海洋物理、海洋生物生态和海洋化学等内容进行科学研究。

CROSSING   84°N

第七部分
疯狂工作倒计时

Day 47

9月4日 在楚科奇海陆架回收 OBS

UTC 时间：2018/09/04 06:06:00

经度：168° 53′ 38″ W

纬度：74° 2′ 31″ N

航速：11.8节　航向：179.2度

距上海：6054.24km

楚科奇海陆架，北冰洋的外沿海域，具有水深较浅和季节变化明显的特征。冬季这里冰雪覆盖，少有生物生长。而夏季融冰期则和北冰洋中心区不同，具有很强的生物生产力。也正因为变化特征显著，这里成为全球二氧化碳的一个重要汇集区，在这里采集的沉积物样本研究价值较高。历次北极科考以来，楚科奇海陆架的调查取样都是必做项目列表的组成部分。

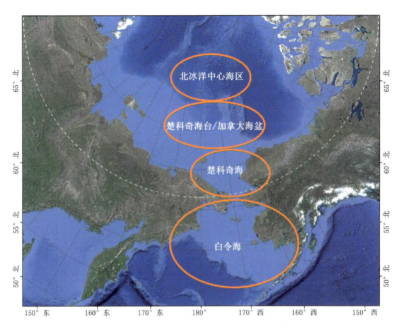

中国第九次北极科学考察作业区域

今天凌晨三点，要在楚科奇海陆架回收考察队在北上时布放的OBS。OBS主要用于探测海域地震活动和海底构造。由于北极海区大多数时间都被冰覆盖，所以对海床基的观测相对其他海区少之又少。OBS属于座底式观测设备，系统相对简单，和前几次打捞浮球时不同，此时的驾驶台上只能看见一两个项目相关人、气象保障人员，以及队领导、党办人员，大约这个时间大家实在是起不来围观了。小艇打捞人员早早地下到了海面，可是浮球在哪还不知道。眼看着海面上起了风浪，而此时具体风速到底多少也不知道。只听说这套OBS浮球是红色的，经过光线的照射，红色与深蓝海水几乎融为一

体，搜寻起来目标很小。就这样持续搜寻了50多分钟以后，驾驶台
左舷位置终于传来一声"找到了"。小艇瞬间就冲了出去，迅速将浮
球拉了回来。完成这些工作，已是凌晨四点多。

OBS 顺利回收
邢磊　摄

　　今晚就会到达美国专属经济区，进行40个站位的CTD（温盐深
仪）采水作业，我利用这个难得的空档休息了一会。最近队里有睡
觉障碍的人越来越多，下午医生来会议室说队里因为睡眠问题去找
他的人变多了，于是他准备了一份睡眠调查问卷，装订好以后发给
大家填，帮助大家解决睡眠问题，顺便留下研究资料。

背景介绍

　　在我国历次北极科学考察中，有一条自主布设的 R 断面。这个 R 断面从楚科奇海台到加拿大海盆，横跨陆架及海盆区，也是从开阔水域延伸到密集冰区的代表性断面，在气候变化背景下对尺断面的海洋水文和碳循环等进行调查研究具有重要意义。

　　长达十几年的 R 断面调查为我国在西北冰洋研究中领先获得成果提供了数据支撑，例如在海洋酸化方面就取得了重要突破，观测数据证明了北冰洋海洋酸化的范围正在不断扩张，影响着北冰洋的生态环境。仅从这个航次来看，加拿大海盆的表层海水盐度有下降趋势，这说明北冰洋淡水输入在进一步增强，另外在某些海域发现次表层海水有增温现象。这些数值都在证明全球变暖、北冰洋融冰及陆地冰川加速融化。

水体酸化在线监测
陈际雨　摄

Day 51

9月8日 飞鸟和鱼群

UTC 时间：2018/09/08 06:45:30

经度：168° 27′ 37″ W

纬度：64° 18′ 17″ N

航速：8.1节　航向：267.6°

距上海：5946.45km

二

离开北极了，能闻到些许的"人味"，海面也重新见到了飞鸟。每次鸟来的时候，大家就拿着各自的装备出去拍拍拍，而拍的是什么鸟从来也说不清楚，只能回去在电脑上放大了细细观看。也许只是因为能见个活物太不容易，只要不怕寒冷，就可以仔细端详这些鸟，数着羽翼扇动的次数，观察飞翔的姿势。

有一种鸟叫暴雪鹱，是从房间的窗户望去就能常常看见的，通常是两只结伴而行，环绕着桅杆利用轮船前行的气流随船飞行。路途遥远，正是因为借用了气流的力量"顺势而行"，它们才能在茫茫大海上保存实力。

在行程中，我最期盼看见的是北极燕鸥。燕鸥在北极的极昼中栖息繁殖，每逢极夜来临便开始飞行，穿过赤道、越过大洋，飞向南半球的极昼，这似乎跟"雪龙"号的科考之旅有点像，从南极到北极，从北极到南极，周而复始。这一来一去的飞行，单程距离约2万千米，待来年返回时，已是完成了一趟4万公里的两极旅行。燕鸥是地球上已知迁徙距离最长的鸟类，一生寿命可达20年，粗略算来一只燕鸥一生的飞行距离比从地球到月球的往返距离还要长，不得不让人惊诧。而其一生飞行的回报大概就是见到世界上最多的阳光。

今天没有看见燕鸥，阳光却精彩地出现了。眼前一大一小两座海岛清晰可见。大岛属于俄罗斯，名为大代奥米德（Big Diomede）；小岛是小代奥米德（Little Diomede），属于美国。有趣的是，由于国际日期变更线从中穿过，两岛仅隔3公里，时区上却足足相差一天。此时船离美国这边更近，而国际日期变更线那边的俄罗斯应该已经是明天了。

从9月4日晚开始，我们就开始进行美国专属经济区作业。作业站位离海岸线很近，最近时不到20海里。看着驾驶台上的海图，感觉好像离"人类"更近了。岛上能看见少量建筑，但不见人。

阳光吸引了驾驶台上的"观岛"人群，两岛中间有成群的飞鸟栖息。白令海的海洋生物非常丰富，是世界上一个很有价值的渔场。再过一会儿，一个鲸群出现了。它们聚集在峭壁旁的大海里，轮流喷洒着水柱，似是嬉戏，对于轮船的靠近，并不以为意。再过一会儿，便游去了别的海域。而我们，依旧还在这里。

背景介绍

暴雪鹱（发音：hù），也名暴风鹱，中等身材，嘴呈黄褐色，羽毛为白灰色，形貌平平。暴风鹱和海燕、信天翁一样，同属鹱形目，长期在远海暴风雪中飞行，只有在繁殖期双脚才踏上陆地。在北极海面上出现的暴雪鹱，以捕食幼小的鳕鱼、鲱鱼为生，也喜欢尾随船只，因此最容易被观察到。暴雪鹱是天生的空气动力专家，能够利用洋面上产生的各种气流长时间自由翱翔。暴雪鹱主要生活在北太平洋地区，也是唯一踏足北极海域的鹱形鸟类。

北极燕鸥，拥有尖尖的翅膀和长长的尾翼，最鲜明的特色是喙鲜红，尾巴则有点像剪刀，就是燕子尾巴的形状，也因此取名燕鸥。燕鸥的头顶是黑色，身体的羽毛呈灰白色。它在北极繁殖，冬季来临时便飞往南极。除了具有非凡的飞行能力之外，燕鸥还有一个特点，一遇入侵，攻击性极强，它们常常大量成群一致对外，并将胃内的呕吐物当作"武器"喷洒而出，可谓是"愤怒的小鸟"。

北极地区上空总有成群飞翔的鸟类，以候鸟为主。仅在阿拉斯加地区，就有世界各地的候鸟安家落户。这是由于北极圈内除海洋外，也有森林苔原，植被丰富，少受人类打扰，环境干净，因此成为候鸟栖息的天堂。目前已知的北极鸟类有120多种，常驻鸟类12种，有燕鸥、绒鸭、雪雁、贼鸥、黄金鸻等。

▌ Day 53

9月10日 最后一站，美国专属经济区海洋调查

UTC 时间：2018/09/10 02:25:30

经度：179° 37′ 23″ E

纬度：59° 4′ 23″ N

航速：15.8节　航向：223.4°

距上海：5258.37km

最后一站，最后一战！

今天的好几项工作都和收尾有关。第一项是美国专属经济区 CTD 调查最后一站。连续工作好几天了，平均每三四小时到达一个站位，工作站位共40个。我中间去作业现场看过几次，大家虽很疲惫，半夜采水的时候，常常是这边水样还没全部分析完成那边站位又到了，于是队员只能抱着瓶子继续采水，困的时候靠在椅子上也就睡了。今天是最后一站，约好去拍一些照片。大家的

表情轻松不少，也能开开玩笑了，忙完就可以睡觉去了。

CTD 采样设备入水
李娟 摄

CTD 海水样品采集
陈际雨 摄

第二项工作，是在白令海公海海域成功回收水下滑翔机。从7月28日布放到现在，这台水下滑翔机在45天的时间里航行了近500海里，共获得229个温盐剖面观测数据。如果这一次布放说较"三北"布放有所突破的话，那就是这一次成功回收了水下滑翔机。下午三点半左右，到达了水下滑翔机回收定位点。海上有雾，能见度500～600米左右。第一次回收大家都有点紧张，对它在海里漂浮的样子也不太熟悉，只记得放下去的时候是黄色的，因此拼命看着大海寻找黄色漂浮物。找了二十多分钟，管事缪炜突然喊说，在船的左侧有一个白色的东西竖在海面上。没错，是滑翔机尾部的那根白色的天线。真是不好找啊，一直在找黄色没想到先出来的是白色。在波浪的作用下，这根白色的小棍子在大海里扑腾上下。船长开始调整船头方向向目标靠近，再过一会儿，黄色的标体终于全部浮到了水面上。

回收结束后，大家纷纷开始站在滑翔机身边合影。这次回收成功后，终于是轻松了。

晚20:08，尾甲板最后一项拖网作业也结束了。至此，"九北"科考作业全部完成。

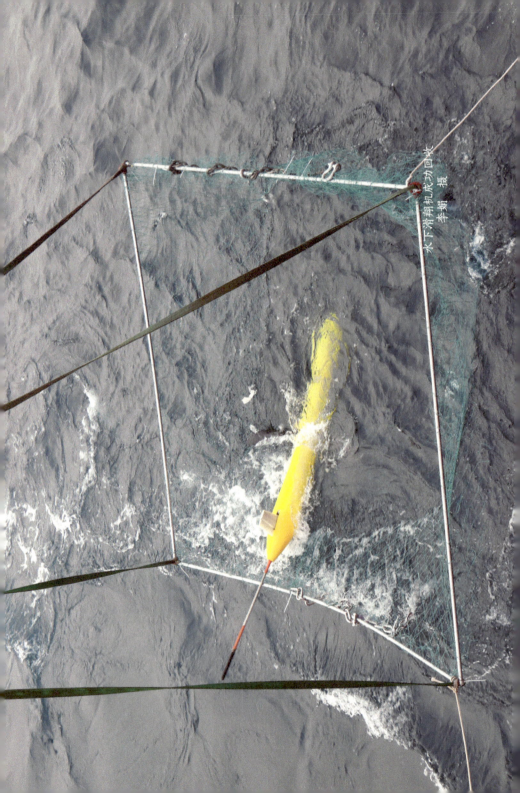

背景介绍

白令海和白令海峡：

白令海是太平洋沿岸最北的边缘海，海区呈三角形，东北侧是美国的阿拉斯加，西北侧是俄罗斯的远东地区。北以白令海峡与北冰洋相通，南隔阿留申群岛与太平洋相联。

白令海和白令海峡是太平洋水进入北冰洋的必经之路，太平洋水进入北冰洋后会对北冰洋的海冰融化和生态环境产生显著的影响。因此白令海和白令海峡是我国历次北极考察的重点区域。然而白令海只有在海盆区很小的一部分为公海，其他区域为俄罗斯和美国的专属经济区，在美国专属经济区考察作业需向美国有关方面申请才能执行，美方批复的依据主要是考察作业是否会对当地的航运、原住民海上活动、生态环境及沿岸海底管线产生影响。

"海翼"水下滑翔机：

"海翼"是由中国科学院沈阳自动化研究所完全自主研发、拥有自主知识产权的水下滑翔机。针对不同海上观测任务需求，"海翼"水下滑翔机可以搭载温度、盐度、溶解氧、浊度、叶绿素、硝酸盐、ADCP（声学多普勒流速剖面仪）、水听器等海洋探测传感器，满足海洋观测应用需求。

在进行北极考察以前，"海翼"已经完成过深海观测任务。2018年7月28日，"海翼"水下滑翔机首次应用于中国北极科考，布放于白令海公海区域。水下滑翔机是一种新型的水下机器人，由于其利用净浮力和姿态角调整获得推进力，所以能源消耗极小，只在调整净浮力和姿态角时消耗少量能源，并且具有效率高、续航力大的特点。

CROSSING　84°N

第八部分
假如爱有天意

Day 55

9 月 12 日 来自北极的星星

UTC 时间：2018/09/12 03:00:00

经度：162° 24′ 8″ E

纬度：54° 34′ 23″ N

航速：15.3节　航向：216.8°

距上海：4115.99km

世界上有两件东西能震撼人们的心灵：一件是我们心中崇高的道德标准；另一件是我们头顶上灿烂的星空。

——康德

在北京地铁站里，人们常常可以看到有关星空的广告，而星空灿烂，也正是北极旅途中的特点之一。

"穷发之北，有冥海者，天池也。有鱼焉，其广数千里，未有知其修者，其名为鲲。有鸟焉，其名为鹏，背若泰山，翼若垂天之云……"每当读到《庄子》里关于冥海的表述，我就会沉浸在古人浪漫的想象中。冥海，就是北冰洋。此时，我们离那里越来越远，正在回家的路上，归心似箭。昨天是仔仔的四周岁生日。见不上，只能打打电话，我心情不太好就是了。晚饭时魏首席和雷老师一起陪着喝了一些啤酒，心情好多了。

船钟回拨了一小时，今天又开始为回航忙碌了，忙着将前一段时间拍摄采访的作业内容组稿回传，直至晚饭也未能结束，还得继续工作。大家也都很忙，全船的会议室都被占用了。其实在船上工作也没什么上班下班的概念了，偶尔扔了电脑走出去转转，就算是"放风"。今天一直忙到晚上九点半才算完，想起晚饭后看见的月牙，待到天上这轮新月圆满的时候，我们就可以回家了。

正要睡下，同屋回来了，兴奋地拉着我往外走。我没多问，穿上外套跟着出去，路上叫上其他几人，一起来到甲板中部的气象卫星平台。这是船上的一处开阔高处，气象小组每天在这里布放探空气球。此时的夜晚其实还是挺冷的，我正奇怪为什么来了这里，突然抬头看见了满眼的星空。原来，是叫我们看星星来了。

我对星空很陌生，星座也不认得几个，大喊了几声"哇！银河"之类的就没啥词汇了。再之后，大伙陷入了长时间的沉默，只是静静抬头看着眼前的星空。

不，不用抬头，在安静中我突然有一个新发现，大熊星座不在我的头顶，而是在船行方向的左手边。我为这个发现感到很好奇，反复端详确认过后，发现那的确是大熊星座，北极星也清晰可见。随着时间的推移，星座的位置离船越来越近，近到几乎"触手可及"。

"星空"
袁卓立 摄

这才意识到，可能是由于纬度的关系，大熊星座出现的位置并不总在头顶。之所以会对北极星的位置产生固定的印象，大概是因为已经很多年没有仔细见过星星。上一次星空留下印象，还在童年的夏夜里。

天空中时不时会划过一两颗流星。起初，看到流星，大家都很高兴，认为需要许个愿纪念一下。直到有一天天气不错，时不时总能看见流星划过的时候我才意识到，其实流星也不是那么难于见到，并不用因为错过某次就觉得错失一辈子。当然，若能恰巧遇见流星，那份记忆的确值得留下。

后来我在想，会有错过流星遗憾终身的想法，大概是由于生命太短而恒星无限。有一种假说，如果将已知宇宙的年龄比作24小时，那地球出现的时间，大约只是1~2分钟。这短短的一两分钟，恰似眼前流星划过的时间。人类的出现相对于地球的存在，也只是短短一瞬。若有一天，地球的生命也燃尽陨落了，在另一个星球上看到的地球，是否也是这样瞬间划过了？这么一想，每一次遇见的流星，的确是弥足珍贵了。

在科考的过程中，有关时间的记忆被拉长。有时看见从海底打捞回来的地质样品，询问完它们的年龄之后，我常常产生嗟叹，亿万年的时间也许留下了很多未知密码，其中一些只是在这个瞬间被人类遇见并恰巧解开了。

看到来自北极的星星，发现许多不曾遇见的真相。也许这就是此行反复揭示的意义：以为知道的，其实并不知道；以为不知道的，其实也并非那么难于知道。

此刻，面对浩渺的星空，还想说点什么吗？

夜幕下的"雪龙"号　李娟 摄

背景介绍

　　夜空中的星星，随着我们所处纬度、时间和季节的不同而变化。比如在南半球的南极考察途中，就看不见大熊星座，人们以南十字座来辨别方向。在中国古代，将大熊星座中七颗最亮的星的形状比作勺子，称为北斗七星，并有歌谣"斗柄东指，天下皆春；斗柄南指，天下皆夏；斗柄西指，天下皆秋；斗柄北指，天下皆冬"。北斗七星位置的变化和人们生活的关联可见一斑。北斗七星斗柄位置移动是因为地球运转。随着地球的公转，一年里天空中的星座呈现规律性的变化。

　　北极星位于地球北极的正上方，距离大熊星座不远，是小熊星座中最亮的一颗星。由于北极星的位置与地轴北延长线非常接近，所以即便是地球自转，夜晚看到的北极星也几乎不动，永远处于正北方向。千百年来，生活在北半球的人们就是靠着北极星来辨别方向。

⚑ **Day 57**

9 月 14 日 女生之夜

二

UTC 时间：2018/09/14 12:38:00

经度：156° 32′ 37″ E

纬度：44° 53′ 56″ N

航速：0.7节　航向：19.3°

距上海：3371.94千米

　　科考队里的女生太少了。就这个航次来说，14名女队员，约占总人数的十分之一。这就算是多的了，很多航次只有三到四名女队员。我在回来之后，很多次被问到关于女性在行船中的生活问题。这也说明在科考的世界里，性别差异问题依然非常受关注。

　　早期的南北极探险活动，没有女人参加，这是男人的天下。这在世界各国都一样。20世纪80年代初，由6位苏联女性（四名工程师、一名医生、一名气象学家）

组成的北极探险队从莫斯科出发，历经40多天的磨难到达苏联极地考察站，在这一领域打破"女人的禁区"。虽数量不多，但目前各国科考队伍里都会有女性研究者的存在。中国的南北极科考队也是一样，从有科考开始就有女性参与。

在"九北"队伍里，女性的工作分布在各个领域中：党办、媒体、气象观测、地质考察、水文观测、生物调查、渔业资源调查、化学环境调查等。在这些人当中，既有初来乍到的，也有连续四五年到达北极的，还有的女队员多年前去过南极如今又主动申请来了北极。在野外工作，女人体力的确是不如男人，扛东西充当不了主力，上厕所也是一个问题，但在方案的制定、样品整理和观察方面，女人又会展现出和男人未必具备的细致和韧性。

今天停船，在西北太平洋深海区清洗万米钢缆，难得的风平浪静。恰好来自第一海洋研究所的女队员过生日，晚上以"女生之夜"为名，所有女队员聚了一聚。席间，前来拍照和送礼物的，自然都是男性了……

贴心的大厨之生日蛋糕
由德方 摄

Day 61

9 月 18 日 哦，一群可爱的蓝精灵

UTC 时间：2018/09/18 00:57:00

经度：144° 51′ 26″ E

纬度：45° 47′ 1″ N

航速：16.2节　航向：270.6度

距上海：2564.52km

二

今天的天气非常好，我去看了看外面的海和云。看
到海天辽阔处，再一次意识到，其实相对于已知的世界
而言，自己不知道的世界真的是太大了。

比如昨天晚上出去，没一会儿就看见了流星。再加
上前几天在甲板上看星星的经历，想起来原来并不缺少
流星，也许流星每天都会出现，是一件挺普通的事情，
只是缺少发现流星的机会和眼睛。

针对画册的设计今天进行了两次汇报，综合队中

午12点合影。队员们穿着蓝色软壳上衣，像极了一群可爱的蓝精灵。海上阳光刺眼，戴着墨镜好多了。船长依旧是一身纯白短袖衣。合影的最后，大家活泼起来，开始三三两两地合影。

综合队与船长的合影

午觉醒来后，两只大大的鸟从窗前掠过。下午修订好了日记，准备今晚发出去，才发现5层几乎没了人影，轮机又出了一些问题。

和仔仔的通话已经恢复。他有很多的话想和我说，想知道我什么时候回家，还攒了很多的小秘密。他收了很多生日礼，一边打电话一边数，数出来有14件那么多。电话里的他话那么多，跟走的时候完全不一样了。我站在5层甲板口听，听着听着慢慢也站不住了，只能蹲下来继续。这是煲电话粥哦，出发的时候他说话还不太连续，两个月不见话这么多了。有些幸福，又有些不适应。

雷瑞波已经从头开始帮我修订日记中有关科学的内容。晚上领队过来聊天，也聊到了日记，他们都很希望能够出版。此时，大家都愿意无私地齐心协力做一件事情。但愿吧！我们在北极考察所经历的故事，多一人了解，未来可能就会有多一份的助力。

半夜0:30，等着上线传日记，我去外面走了走，海面上腾起的飞鸟还在叽叽喳喳。船依然停着，看来今晚得通宵抢修轮机了。

背景介绍

维修日志：

　　"雪龙"号航行过程中突遇故障，轮机部从尾轴2号支撑点故障到装复，历经20小时抢修、6次刮磨，19日4:40主机开始怠速运行。目前"雪龙"号主机转速91r/min，航速8.2节，尾轴2号支撑点温度持续观察中，待尾轴2号支撑点温度稳定后船速将继续加至10～12节。其他设备正常运行。

CROSSING　84°N

第九部分
下船，回家

🏴 **Day 65**

9 月 22 日 "北极大学" 毕业啦！

UTC 时间：2018/09/22 10:33:00

经度：131° 25′ 36″ E

纬度：36° 3′ 51″ N

航速：12.5节　航向：209.9°

距上海：1044.47km

二

　　这几天在做采访，我联系了每一个小组的负责人分别采访记录。等了一个航次了，临下船之前请大家把整个航程中的亮点和体会说一说，回程后在频道发出去。这两天连着拟采访提纲，拟着拟着容易晕。

　　上午在后甲板采访了地质考察的负责人大洋二队队长于晓果老师，于老师的经验很丰富，表达也很清晰。我这才知道原来我们一路跟在后甲板捡的那些石头蕴含大量的多金属结核资源，这种资源可以被大量应用在航天制造和计算机领域，是一种各国都想获得的基础矿产资源。而且这次科考发现的结核样品特别大，据队员说比在其他大洋考察时看到的样品还要大，实属非常难得。

中午在5层甲板采访了首席助理陈红霞老师。陈老师的风格是很风趣，他总结这次科考的亮点是新领域、新设备和新人培育。新领域，其实是一个意外收获。受冰情影响，回程时走得不太顺利，卡在路上那几天就顺势在原计划路线之外开辟了一个新观测领域。新设备指的是水下滑翔机和无人冰站等设备的布放。至于新人，本航次的年轻人比例可能是有史以来最高的，一边操作一边老带新，对未来科考人才的培育很有意义。

今天最重要的事情，是"北极大学"毕业典礼。今年的"北极大学"共有13讲，每一位上台授课的队员都获得了"北极大学"教授聘书，而我们每一个学员，也都光荣毕业了！走了这一路，终都有所收获！

"九北"考察的纪录片，今天也快完工了，拍了一路，编了一路，在船上完成素材配音和剪辑，下船之前开始放映。

🏷 **Day 67**

9 月 24 日 明月相守，家国在心

二

UTC 时间：2018/09/22 10:33:00

经度：131° 25′ 36″ E

纬度：36° 3′ 51″ N

航速：12.5节   航向：209.9°

距上海：1044.47km

　　船上开始变得乱糟糟的，大家正在打包行李，心情也变得乱糟糟的。今天是我们131人在一起的最后一天，明日到达锚地后就会有慰问队伍上船。

　　越近结束好像我的工作越来越多了，完全没有时间管行李。今天是中秋节，后方策划了一个"明月相守，家国在心"的选题，想请节日里因工作不能和家人团聚的队员表达思念之情。思念，是真的思念。昨天下午全船随机采访的时候已经录了一些。"快要回家了，你有什么感受？""这个航次最大的收获是什么？"这是我们的问题。

"非常激动啊，好长时间没见到家里人了。"

"开心呀，非常高兴，今天上午有了网络，这是出海60多天以来第一次可以上微信，然后和孩子视频了一下。"

"没有想象中那么冷，然后时间有点短。"

"比较圆满地完成了既定任务。"

"我个人实现了南极和北极都去过的夙愿。"

"我们声学的研究又有突破，获得了更多的数据。"

"第一次担任水手长的职务，特别高兴，就想赶紧回家。"

"认识了很多科考队员，结识了很多朋友，学到很多东西。"

"我觉得最大的收获应该算是我得了个冠军吧，哈哈哈……"

"想有机会再去一次南极。"

"我能说我再也不来了吗，哈哈哈……"

▌Day 68

9 月 25 日 靠港

经度：121° 41′ 18″ E

纬度：31° 19′ 2″ N

上海市浦东新区

中国极地考察国内基地（"雪龙"号极地考察船专用码头）

靠港时，已近天黑，大家都趴在船舷边上，等候着船和码头的相聚。眼前的码头岸边，近在咫尺，可要让船体完全靠过去，来来回回花了一小时有余。靠完以后，就是下地。装卸货物的队员已经下去，接样品的货车来来回回忙个不停。

岸边的灯光已经亮起，靠港时还响起了一些音乐。此时虽没有迎接队伍，但每个人脸上都是快乐的神情。夜下的上海港灯光闪烁华丽无比，我们回来了，却没着急下去。

等了一会儿，终于下船了。第一脚落地，有点软，也有点绵。待适应再踩一踩，才确认脚下的地，坚硬、平稳、宽广无比。

"雪龙"号回到浦东码头
中国第九次北极科学考察队　摄

▌Day 69

9 月 26 日 挥手告别，不再见

下船了。

上午10：00，"雪龙"号对家属开放，家属可上船于队员团聚。

二

"妈妈，你走了多久？"

"69天。"

"那你想不想我？"

"想。"

"我也想你。"

后记 ▌

又到了一年的夏季，与两年前那个"风平浪静"的夏季相比，此时的世界，多了一丝波诡云谲和不可预知。

两年前"雪龙"号外的世界，亦是波涛汹涌充满未知的。而舱内的世界，则偶尔热烈偶尔沉寂。于我而言，那是一趟充满未知的行程，我们奔着目标前进，但行程中也充满风险和不确定。有时我趴在船舷看风景，担心大风突如其来把我刮下去；有时我在船顶录视频，总想着记录下来但又无法发送出去。极地的世界，到底是无法生存的不毛之地，还有许多奥秘尚未被发现，至今这些问题也未能搞清楚。不过我想，有人探寻总比无人问津要好得多。

感谢这段经历，也感谢同船的领导、队友给予的关心、支持、鼓励。文中所呈现之故事和图片均来自大家的共同努力，所涉内容或图片署名若有不妥之处，请多多谅解，在此一并致谢！

此外，也感谢这段出版经历。从在"雪龙"号上写下第一篇日记至今已近两年，我总想早些把故事呈现出去，但每一次都遭遇了不可预知的意外或打击。过程虽千言万语很难道尽，但所幸我们还是走到了最后。

书中提到的节目内容，都已如预期顺利播出，感谢央视新闻中心经济新闻部领导的支持与肯定，感谢其间因节目合作的其他领导、同事，感谢央视网副总经理魏星女士的无私协助，感谢家人为我的写作腾出了空间，也感谢出版过程中每一位知晓的亲朋给予我的支持和鼓励。

感谢在"雪龙"号上写作期间，朱建钢领队，魏泽勋首席，雷瑞波、陈红霞、于晓果等诸位老师的指导和帮助，感谢陈立奇先生、李乐诗女士接受一个陌生记者的邀请并愿意推荐，让这本"极地日记"更多了几分科普的意味。

本书从写作到出版的这段时间，正值我在清华大学经管学院学习，我因此得到了经管学院EMBA媒体奖学金课程班（第十三期）岳才勇、海霞、海阳、平静、桑丹及诸位老师、同学的大力支持，在此特别致谢！

感谢布克加（BOOK+）出版团队，感谢浙江大学出版社，在近两年的时间里完成了这本书的立项、选题、修改、出版等流程，以耐心的态度和细致的工作精神与我一起度过了这一段漫长独特的"后极地"旅程。

最后，终于能与我的130名队友，与这一段旅程好好告别。虽在下船时未能一一致谢，但我知道还有这样一本书，能让我借以和大家好好说再见。祝愿大家都有美好的未来。

愿世界依旧充满爱，愿未来的北极科考乘风破浪一路前行，愿您阅读愉快！

李娟

2020年夏 北京、武汉